わるじい義剣帖（二）

ふしぎだな

風野真知雄

双葉文庫

目次

わるじい義剣帖（二）　ふしぎだな

第一章　こそこそ医者

一

先ほどまで、クマに追われるネズミのように、ちょこちょこ駆け回っていた孫の桃子(ももこ)が、急に愚図り出したかと思ったら、赤い顔になってぐったりしてしまった。いつも機嫌がいい桃子にしては、めずらしいことである。

「どうしたんだ、桃子？」

愛坂桃太郎(あいさかももたろう)はびっくりして桃子の額に手を当てると、実感としては、炊きたての飯くらいの熱がある。

「珠子(たまこ)、大変だ！」

と、大声を上げた。

「どうなさいました？」

母親の珠子が、前掛けで手を拭きながら、母屋から桃太郎の住まいにやって来た。ここは、雨宮家が貸家にしている家である。前の店子の若い娘がここで殺され、誰も住む者がいなくなったので、いまは桃太郎が店子になっている。

「桃子の額を触ってくれ。もの凄い熱だ」

桃子は桃太郎の腕のなかで、いまはおとなしく目をつむっている。

額に手を当てた珠子は、

「ああ、熱がありますね。もの凄いってほどではないけど」

と、さほど慌てることもなく言った。

「わしのせいだ」

桃太郎は大きく顔をしかめた。

「おじじさまのせい？」

「わしが昨日、向こうの天神さまの境内に遊びに連れて行ったとき、風邪をひいている子どもがおったのだ。そういえば、ずいぶん咳もしておったよ。あれと遊ばせたのがまずかった。もう少し気をつけてやれば、こんなことにはならなかったのに」

「仕方ありませんよ、おじじさま。子ども同士で遊ぶなというのは無理ですから」

　と、珠子はかばってくれるが、いたたまれない。

「ここらに医者はおらぬか？」

「これくらいの熱、医者なんかにかからなくても大丈夫ですよ」

「いや、とりあえず診てもらったほうがいい。いい医者はおらぬか？」

「金創医ならそっちに」

「金創医じゃ駄目だ。おい、留！」

　桃太郎は大声で、隣に住む盟友の朝比奈留三郎を呼んだ。

「どうした？」

　裏から朝比奈がやって来た。

「慈庵を呼んで来たいのだ。桃子が熱を出した」

「駄目だ。慈庵は江戸にはおらぬ。この前、会ったとき、患者を六人ほど連れて、七日ほど箱根の温泉に治療に行くと言っておった。帰りは明日か明後日になるはずだ」

「まったく」

医者と駕籠屋は、いて欲しいときにいない気がする。

「ですから、大丈夫ですよ。温かくして寝かせておきますから」

そう言って、珠子が桃子を受け取ろうとしたとき、桃子は目を開け、つぶやくように、

「じいじ」

と、言った。

「おお、桃子。苦しいわな。じいじはわかるぞ」

これで、桃太郎は胸が詰まり、引きずってでも、医者を連れて来たくなった。

ちょうどそこへ、顔見知りの魚屋の若い者が顔を出したのに、

「おい、お前。ここらに腕のいい医者はおらぬか？」

と、声をかけた。

「あ、いますよ。いま、会ったばかりです」

「どこだ？」

「お待ちを。あっしがすぐに連れて来ますよ」

と、魚屋はいきなり駆けて行った。

「おい、あいつが呼んで来る医者なんか大丈夫か？」

朝比奈が言った。

「そう、あの人、一心太助の子孫だって言ってますよ」

珠子も心配そうに言った。

「一心太助の子孫の魚屋は、江戸中に百人以上いるのだ。だいたい、あんなのは、ほんとにいたかどうか、わからぬ人間だぞ」

「ですよね」

朝比奈と珠子のやりとりに、桃太郎も不安になってきた。

「そうか。まずいのに声をかけてしまったな」

なにせあの男は、魚屋なのに、しょっちゅう魚の名前を間違える。ヒラメとカレイくらいならまだしも、この前はサバとカツオを間違えていた。

だが、四半刻（約三十分）もしないうちに、魚屋は医者を連れて来た。

「ほら、名医をお連れしましたよ」

「これこれ、名医などと言うでない」

と、医者は照れて、

「あのう、患者はどこです？」

「うむ。そっちに移したのだ」

と、桃太郎は母屋のほうに案内した。

桃子の枕元に座った医者を横から眺めながら、

——なんか、医者の感じがしないな。

と、桃太郎は思った。勘である。

薬箱を持つような弟子もいない。一人でやって来た。見た目は、坊主頭に筒袖(つつそで)にかるさんと、いかにもそれらしい。

歳は五十くらい。若いときから医者をしていたら、もう少し落ち着いていてもよさそうだが、この医者はなんとなくおどおどした感じがするのは、どういうわけだろう。バレ噺(ばなし)専門の噺家(はなしか)とか、効かないとわかっている薬を売る薬屋とか、なにかやましいところがある仕事をしているような顔である。

「熱を出しましてね」

と、珠子が言った。

医者は額に手を当てると、桃子の首のあたりを撫で、さらに顔を近づけて、息の匂いを嗅いだりした。

「咳は?」

「してました」

「喉が赤くなったりは？」

「さっき泣いたときにのぞいたら、赤くなってました」

　珠子はよく見ているものだと、桃太郎は感心した。

「流行(はや)り風邪じゃな。ここらの子どももずいぶんかかっているみたいじゃ」

「そうですか」

「頭は濡れ手ぬぐいで冷やし、身体は温かくしてな」

「はい」

「ときどき湯冷ましを飲ませてあげて」

「わかりました」

　と、珠子はうなずいた。

「牛の乳があるのだがな」

　桃太郎がわきから言った。

「ああ、牛の乳は滋養があります。飲めるなら、飲ませてください」

「わかった」

「朝になっても熱が下がらないようなら、これを一升(いっしょう)くらいの水を使って煎(せん)じ、湯冷ましを飲ませてあげればいい」

医者は、薬箱から細い木の枝を取り出し、懐紙(かいし)に包むようにしながら珠子に渡した。

「なんだな、それは？」

桃太郎が訊いた。

「柳の枝ですが」

「柳の枝？　そんなもの効くのか？」

桃太郎が睨(にら)むようにして訊くと、

「効きます、効きます」

桃太郎から目を逸らして言った。

「代金は？」

桃太郎が訊くと、

「また伺うので、そのときにでも」

そう言って、医者は名乗りもせずに、そそくさと帰って行った。

二

医者の後ろ姿を見送って、

「あやつ、なんか怪しかったな」

と、桃太郎は珠子に言った。

「なんとなく自信なさげな感じはしましたね」

「それどころか、こそこそした感じがしたぞ」

「言われてみればそういう感じも」

珠子も少し不安になってきたらしい。

しかも、薬は柳の枝ときた。そんなもの飲ませて、桃子が風邪ならまだしも男にまでなびきやすい身体になったりしたら大変である。

「よし、後をつける」

と、桃太郎は飛び出した。

医者はなにか歩き慣れていないような、のったりした足取りである。十間ほど離れてついて行くと、そう遠くまでは行かず、入ったのは坂本町（さかもとちょう）のこぎれいな長屋の一室だった。以前、桃太郎や珠子たちがいた長屋からも、そう遠くない。

ところが、入ったと思ったら、すぐに出て来て、今度は茅場河岸のほうに向かっている。急いでいるみたいだが、薬箱は持っていない。

医者は、河岸の段々を下りると、繋留してあった小舟に乗り込み、危なっかしい手つきで櫓をあやつり、大川のほうへと出て行ってしまった。

——ふうむ。

やはり、なにか怪しい。

さっきの医者の家のところまでもどってみた。いちおう医者の看板は出しているが、ずいぶん小さくて読みにくい。目を近づけると、

「漢方蘭方　向井永大」

と、ある。

隣の家の者が、外に出て来て植木の手入れを始めたので、

「ちと訊きたいが、ここの住人はほんとに医者なのか？」

と、訊いてみた。

「医者だとは言ってましたが、患者は滅多に来ませんよ」

「なぜだ？　ヤブなのか？」

「どうなんですかね。だいたい、ここにいるときが少ないですから」

「いるときが少ない？　住んでいるのではないのか？」

「夜はいないことが多いですね」

「家族や弟子などはおらぬのか？」

「家族も弟子もいないみたいですよ」

「では、どこに行っているのだ？」

「さあ？　往診にでも出ているんだと、思うんですが。あたしも、あまり隣人のことは詮索しないようにしてるんですよ。この前の住人は、猫を三十匹も飼っていた婆さんで、やめるように言ったら、猫の祟りがあると脅されましてね。婆さんは亡くなって、猫も皆、いなくなったんですが、夜中になると、なんか猫が鳴いてる気がするんですよ」

そう言うと、この男は急に自分の耳をふさいだ。

「おい、大丈夫か？」

「ええ。そんなわけで、今度は医者と関わると、病人の祟りがありそうで」

隣人は青い顔で震えている。

「わかった、わかった。なにも言わなくていいよ。大家に訊いてみる。ここの大家はどこに住んでいる？」

「大家は、海賊橋のたもとのそば屋ですよ」

「なんだ、卯右衛門の店子か」

と桃太郎は少しだけ安心し、卯右衛門のそば屋に向かった。

海賊橋のたもとまで来ると、そば屋の前にあの、おきゃあとおぎゃあの姉妹がたむろしているではないか。

——これはまずい。

と、慌てて隠れるところを捜したが、この姉妹は相変わらず目敏くて、

「まあ、愛坂さま」

「ご近所に越して来たんですって」

「今日は引っ越しそば？」

「遊びに行っちゃうわよ」

しゃべりながら寄って来た。やかましいのなんのって耳をふさぎたくなるが、この前は二人のおかげでかなりのこづかい稼ぎをさせてもらったので、そうそう冷たくもできない。

「卯右衛門さんにご用？」

「いまいないけど、すぐもどるわよ」

「そうか。じつは卯右衛門の店子の医者のことで、訊きたいことがあったのでな」

「店子に医者？」

姉妹は顔を見合わせた。

「あんたたちはかかってないのかな？」

「あたしたちは、通一丁目の尾畑超庵先生しかかからないから」

「尾畑超庵といったら、有名な医者ではないか」

「ええ、有名よ。医者は有名な人じゃなきゃ、怖くてかかれないわよ」

「そうよ。無名の医者なんか、なにされるか、わからないわよ」

「有名なら安心とも限らないだろう」

と、桃太郎は異議を唱えた。

「ううん。有名になると、名を汚すのは怖いから、いい加減なことはしないものなの」

「すぐ噂になっちゃうでしょ」

「そこへいくと、名もなき医者なんか」

「誇りもなければ、良心もないのよ」

「じゃあ、向井永大は？」

「知らない」

「誰、それ？」

「卯右衛門の店子の医者だよ」

「ああ、愛坂さま、かかるつもり？」

「おやめなさい。あたしたちが、尾畑先生を紹介するから」

「いや、それはいいよ」

慌てて断わったところに、

「おや、愛坂さま」

卯右衛門が帰って来た。

「おう、じつは、あんたに訊きたいことがあってな」

と、聞き耳を立てている姉妹から遠ざかって、

「あんたの店子に、向井永大とかいう医者がいるよな？」

「ええ、いますが」

「いつから店子になった？」

「最近ですよ。ひと月ほど前ですか」

「ほんとに医者か？」

「ほんとですよ。あたしは荷物も見ていますし。薬箱には生薬（しょうやく）がいっぱい入ってましたし、難しそうな医書も山積みでしたよ。あれは、かなり勉強もしてますよ」

「薬研（やげん）もあったか？」

　生薬をすりつぶす医者の道具である。

「ありましたとも」

「ふうむ」

　ちなみに、この時代の医者は、免許制ではない。医術だの医学だの勉強し、

「もう、おれは医者だ」と、看板を掲げれば、それで医者なので、あとは実績がものを言うだけなのだ。

「どうか、なさいましたか？」

「じつは桃子が熱を出して診てもらったのだが、なんか医者らしくない気がしてな。変なやつに診てもらったのかと心配になったのだ。まあ、いちおうは医者らしいということで、少しは安心したよ」

とは言ったが、あのおどおどした感じへの疑問は解消していない。

「なるほどね。相変わらず、桃子ちゃんのこととなると……」

卯右衛門は、ニタニタと笑った。

三

八丁堀の雨宮家にもどって来ると、母屋の玄関のところに女が二人、立っていた。なんとなく不穏な気配を感じて、桃太郎は聞き耳を立てた。

「うちのも、いま、寝ているんですよ」

と、珠子が言った。

「だから、そんな寝込むくらいの風邪ひきなのに、いっしょに遊ばせますか？」

「はあ」

「うちの子は、桃子ちゃんと遊ぶ前までは、凄い元気だったんです。ところが、帰ってきて夕方になったら高熱を出して、一晩中、うなされていたんですよ。かわいそうに」

やけに背の高い女が、馬の上から話すみたいに高飛車に言った。

「桃子がうつしたのでしょうか？」

「それは、確かよ。ほかには、誰も風邪なんかひいてませんから」

と、もう一人の女が言った。こちらはずいぶんと背が低いが、そのかわり横幅は相当なものである。

珠子は、ちらりと文句を言いたげな顔をしたが、

「それは申し訳ありませんでした」

と、謝った。

たまらず桃太郎が、

「どうかしたか？」

と、声をかけた。

「いや、あの……」

珠子は口ごもったが、背の高い女は桃太郎を見て、

「ああ、いっしょにいたおじいちゃんよね」

「……」

見知らぬ女から「おじいちゃん」と言われると、いっきに二十くらい老け込んだ気がする。

「うちの子が、桃子ちゃんに風邪をうつされてしまって」

「うつされた？」

桃太郎が怪訝そうに首をかしげると、

「こちらは、与力の高村さまの奥さまですよ」

と、わきにいた背の低いほうの女が、「畏れ入れ」という調子で言った。

「それは、それは」

桃太郎は、苦笑しながら言った。

片方は与力の妻女で、もう片方はおそらく同心の新造なのだ。いかにも媚びへつらった態度は、見苦しいほどである。

この前は、確か長谷川と名乗った、おそらく与力の妻女が声をかけてきたが、あの妻女は気さくな態度だった。こっちの高村の妻女はやたらとつんけんしている。

――たかが与力くらいの分際で、偉そうに……。

と、思う気持ちもあるが、桃太郎は、ここでは自分は目付の家柄だなどと言うわけにはいかない。珠子が元芸者というのが知れ渡ってしまっているので、その芸者に子を産ませた目付は？　というふうに話が伝わっていきかねない。

いちおう、倅の仁吾の妻の富茂には、万が一知られても、「あれはおじじさまの……」と思われるようにはなっているが、どこで真実が伝わるかはわからない。町方の人間というのは、話題にされやすいのである。

「まあ、風邪の元は目に見えるものではないので、しょうがないところもあるけど、これからは気をつけてくださいね」

高村の妻女が言った。

「はい、気をつけます」

「ところで、あたしたちには、女武会という集まりがあるの」

と、同心の新造が言った。

「おんなぶかい、ですか？」

「そう。八丁堀の女が集まって、薙刀や柔術の稽古をしているの。いざ、ことがあったときには、亭主のわきで手助けくらいはできるようにしようという目的でね。発案者は、高村さまの奥さまなのよ」

「そうなのですか」

「会長もなさっているの」

「はあ」

「音田。勧めなさい」

高村の奥方に言われて、音田という名らしい同心の新造が、

「あなたもぜひ、入ったほうがよろしいわよ」

「でもあたしは……」

「三味線のほうが得意なのはわかるわよ。この前まで、芸者をしていたんですものね」

「はい」

「でも、八丁堀に嫁に来たら、そこは郷に入っては郷に従えでしょ」

「奥さまやご新造さまは、皆さん、お入りになっているのですか？」

「いまのところ、六割くらいかしらね。でも、数年のうちに全員、入ってもらうようにしたいと思ってるの。いますぐ無理にとは言わないから、検討してみてね」

珠子の返事も待たずに、二人は踵を返し、桃太郎のわきをすり抜けて、外へ出て行った。

二人の後ろ姿を見送って、

「あんたも大変だな」

と、桃太郎は言った。雨宮ののんきそうなようすからは、まさかこんな窮屈な人間関係があるとは、予想もできなかっただろう。

「いいえ。芸者のときにタチの悪い旦那にされた嫌がらせに比べたら、ぜんぜんたいしたことないですから」

「そうか……」

珠子も世のなかの荒波に、ずいぶん揉まれてきたのだ。

四

桃子の具合が悪いと、なにもする気になれない。悟りを諦めた座禅のように、玄関口にむっつり座っていると、岡っ引きの又蔵（またぞう）がやって来るのが見えた。

「おう、又蔵」

と、桃太郎は声をかけた。

「ああ、どうも。今日は雨宮さまから、こちらに報告に来るよう言われてましてね」

暮れ六つ（午後六時）までは、あと半刻（約一時間）以上ありそうだが、雨宮も早めにもどるつもりなのだろう。

「なにか、わかったことはあるのか？」

ここで起きた女絵師殺しの件である。

「ここに来る前、お貞は高砂町の長屋で絵師のおやじといっしょに暮らしてましてね」

「なるほど」

あのあたりは人形町の通りにも近く、かつては吉原があったところで、絵師だの音曲師だのが多く住む町である。

「そこに、紙問屋の秩父屋に嫁に行くまでいたんです。おやじは、娘が嫁に行って安心したのか、まもなく亡くなったんですがね」

「死因は？」

「三、四年前から、何度か中風の発作を起こしたみたいで、死因もそれだったそうです」

「そうか」

「それで、お貞の幼なじみの話でも訊こうと思いましてね」

「なかなかいい調べではないか」

お貞の気性などがわかれば、殺された理由につながるかもしれない。

「ところが、たいした話は聞けないんです。なんせ、子どものころから絵ばっかり描いていて、友だちと遊ぶなんてこともほとんどなかったみたいでしてね」

「なるほどな」

「かなり変わった子どもだったみたいです」

「そんなのがよく、紙問屋に嫁入りできたものだな」

「若旦那が、紙を買いに来たのを見初めたみたいですよ。まあ、お貞ってのは愛想は悪かったけど、ひょっとすると、かわいらしく見えるところもあったようでしてね。賢いので、話をすれば、うまく合わせることもできたでしょうし」

「なるほどな」

そういう女は、少なくない。駿河台下に住むお妾のおぎんなども、その系列かもしれない。

と、そこへ雨宮五十郎と、中間の鎌一がもどってきた。

「すまぬ、雨宮さん。わしが桃子を遊ばせたせいで、桃子が熱を出してしまった」

桃太郎はすぐに詫びた。

「なあに、子どもなんてしょっちゅう熱を出すものですよ。わたしなんか、三日に一度は熱を出していたそうです」

珠子がいなかったら、

「だから、そんなふうに頭が働かなくなったんだろうよ」

くらいは言ったかもしれない。

「でも、おじじさまが医者にも診てもらうようおっしゃって」

珠子が玄関先でそう言った。

「わざわざ医者を？　それはすみません」

「ところがな、その医者がなんか怪しいやつで、妙にこそこそしていたのさ。後をつけてみると、いちおう医者であることは間違いないみたいなのだが」

「へえ、そういえば、最近、医者のことで訴えがあったな？」

と、雨宮は又蔵に訊いた。

「ありました。あたしが相談されたのですが、医者に五両盗まれたって」

「それか」

と、桃太郎は手を打った。

「ああ、そうそう。そのうち、話を訊こうと思っていたのですが、なにせごたごたつづきでして」

言い訳をする雨宮に、桃太郎は言った。

「その一件、わしが下調べをして、雨宮さんに報告するよ」

五

すでに暮れかけているが、さっそく又蔵に付き合ってもらい、その家に向かった。

「ここです」

通三丁目の〈そら屋〉という大きな菓子屋の裏手にある隠居家である。

「ごめんよ」

と、又蔵が声をかけると、

「ああ、豆腐屋の親分」

女中は又蔵が豆腐屋だった時分からの顔見知りらしく、豆腐を買いに来たみたいな、気軽な調子で言った。

「ご隠居はいるかい？」

「ええ。いま、饅頭(まんじゅう)食べてるところですよ」

「店の饅頭かい？」

「はい。いちおう味見ということで」

「いちおう？」

「味見で毎日十個も食べなくていいと思うんですけどね」

と、女中は声は出さずに笑った。

「この前の、五両盗まれたという話だけどな、もういっぺん聞かしてもらいたいんだ」

「ああ、はい」

奥の座敷に案内された。

ところが、奥に入るところには、頑丈な格子戸がつくられている。

「まさか座敷牢か？」

桃太郎が小声で訊いた。

「違います。ご隠居さまが、使用人たちが勝手に入れないようにこさえたんです。ものがなくなるかもしれないからですって。ひどい話でしょ」

女中はわりと大きな声で言った。

「いいのか、そんなことを言って？」

「大丈夫です。耳が遠いですから」

「だいぶ耄碌（もうろく）してるのか？」

「それがわからないんです。話している分には、町内でいちばん頭が良さそうですけどね」

　女中はそう言って、

「ご隠居さま！　豆腐屋の親分と、町方のお武家さまが、この前の盗難のことで話を聞きたいとお見えですよ」

　大声で隠居を呼んだ。

「おう、これはこれは相済みませんな。豆腐屋の親分にもお手間をかけてしまった」

　そう言いながら、奥から出てきたのは、八十くらいの老人だが、顔は油で磨いたリンゴみたいに色つやが良く、身体の動きはいまにも踊り出しそうなほど切れがあり、声音も戦に出た組頭（くみがしら）ほどに高らかである。

「さあ、どうぞ、どうぞ。ここから先は、お宝が多いので、こんな格子戸までつくってしまった。女中や客人を疑うわけではないのですが、まあ、年寄りの心配性ということでして」

そう言って、格子戸にかけてあったカギを開けた。

なかは、十畳間の二間つづきになっていて、あちこちに書画骨董が飾ってある。もちろん、桃太郎はこの手のものの鑑定には自信がなく、きれいか、汚いかくらいの判定しかできない。それで言うと、飾ってあるものの大半は、山椒魚(さんしょううお)のように古ぼけていて、クマのように黒ずんで、どぶネズミのように汚らしい。

坪庭(つぼにわ)が見える奥の十畳間に通され、

「まあ、おかけになって」

と、隠居は二人に座布団を勧めた。

腰を下ろすとさっそく、

「五両、盗まれたというのは、まことですか？」

と、桃太郎は訊いた。

「そうなのです。わたしもあまり人を疑うことはしたくないのですが、五両と言えば大金ですのでな」

「もっともだ。それで、その医者の名は？」

「なんといったかな。医者の名前は皆、似ているし、長いあいだ、先生としか呼んでないのでな。漢方も蘭方も両方やれる優秀な医者ではあるのだが」

「向井永大では？」

「そうそう、向井永大先生」

隠居は大きくうなずいて言った。

「それで、いつ盗まれたのだね？」

「先生が来るまでは、あったんです。それで、帰ったあとに見ると、なくなっていたのですよ。あたしが、女中がお茶を持って来たとき、そっちまで取りに行った隙に、いつも金子を入れている引き出しから抜いたのではないか、そうとしか考えられんのです」

「診療代や薬代として支払ったということは？」

「いやいや、診療代や薬代でもせいぜい五分（およそ十六万円）、五両（およそ六十五万円）はないでしょう」

「なるほど。引き出しというのは？」

「ここですよ」

と、隠居は後ろの茶簞笥の引き出しを開けてみせた。

「ははあ」

と、桃太郎がのぞくと、薬袋が入っているのも見えた。袋は紅い唐草模様で縁取られている。その柄になんとなく見覚えがあり、そっと裏を見ると、

「横沢(よこざわ)慈庵調合薬」

と、書いてあるではないか。

「この薬は、ご隠居さんの主治医からもらったものかい？」

「そうです、そうです」

「なるほどな」

と、桃太郎はうなずき、又蔵にもう帰るぞと、目配せした。このご隠居は、やはり相当惚(ぼ)けてきているらしい。横沢慈庵が、患者の金など盗むわけがない。

六

翌日——。

桃子の熱は下がった。

腹を空かして、卵粥をつくると、小鍋一杯ぜんぶ食べてしまった。

しかも、もう元気で部屋のなかを歩き回り出した。昨日、あんなに熱を出して

いたのが嘘みたいである。外にも行きたいみたいだが、さすがに今日は玩具でごまかしながら、外遊びは我慢させた。

　そこへ、朝比奈が来て、

「慈庵が来ているが、桃は用はあるか？」

「お、いくつか訊きたいことがあるんだ」

　そう言うと、慈庵のほうから桃太郎の家に来てくれた。

「ここですか。なにやら物騒なことがあったというのは？」

　事情は朝比奈から聞いていたらしく、興味深げに部屋を見回した。

「そうなのさ」

「幽霊は出ませんか？」

「いまのところはな。出ても、若い娘だから、まあ、世間話くらいはしてやるつもりだよ」

「さすがに肝が据わってますな」

「ところで、昨日、桃子を診てくれた医者なのだがな……」

　と、桃子が受けた治療を説明した。

「ははあ。適切なものですな。それはわたしでもそうしましたよ」

「そうなのか。だが、柳の枝を煎じろと言っていたぞ」

「ええ。柳には熱を下げる効果がありますから」

「そうなのか?」

「柳の枝でつくった爪楊枝(つまようじ)がありますでしょう」

「あるな」

「あれは、歯の痛みに効果があります」

「その話は聞いていたが、てっきり迷信かと思っていた」

「いやいや、迷信ではなく、本当なのです。柳の枝には、かなりの鎮痛と解熱の効果があるのですよ。一升くらいの水で煎じるというのも、赤ん坊に飲ませることを考えると、適量だと思いますぞ」

「では、あのおどおどしたようすは、なんだったのか?」

「生まれ持っての気性から来ていたのでは?」

と、慈庵は言った。

「ふうむ」

と、桃太郎は唸(うな)った。気性ということにすると、なんでも解決できる気がするが、じっさいには人の態度にはそれなりの理由がある。

「それはそうと、あんたは、通三丁目のそら屋のご隠居も診ているみたいじゃな」

「ええ。あのご隠居とは長い付き合いですよ」

「どういう病なんだい？」

「医者は、患者の病について身内以外の者に話してはいけないのですが、まあ、愛坂さまなら特別にお話ししましょう……」

「すまんな」

「最初は、やけに喉が渇く、疲れやすいというので診るようになったのですが、すぐに蜜尿（みつにょう）の症状に気づきましてな。これは、飯やそばの食べ過ぎでもなるし、とくに甘いものがいかんのですが、ひどくなると、目が見えなくなったり、足が腐ってきたりします」

「怖いな」

桃太郎はうなずいて、やはり妻の千賀（ちか）は甘いものを控えるべきだろうと思った。

「それで厳しく注意をしていたのですが、なにせあそこは」

「家業が菓子屋だからな」

「また、言いつけを守らず、饅頭などを食べているみたいなのです」

「毎日、十個食っているらしいぞ」

「まったく」

まさか、それほど食っているとは思っていなかったらしく、慈庵は顔をしかめた。

「だが、あんたの言いつけを守らなくなっているということは？」

「惚けが始まっているのですよ」

「やはりな。わしも、そうではないかと思ったのさ。ただ、ずいぶんまともなことも言うのだがな」

「そうでしょう。口は達者だし、もともと頭は良かったので、貯め込んだ知識もかなりのものですからな。ただ、数のことで、かなり怪しくなっていましてな」

「数のことで？」

「額の大きさがわからなくなっているのでしょう。わたしは、診療代と薬代で、半年分として五朱（およそ四万円）を請求したのですが、ご隠居は五両を出してきましてな」

「ははあ」

「これは違うと言ってもわからないのですよ。それで、表店のほうの、いまのあるじに掛け合って、そちらから治療代をもらうことにしたのです」

「その五両は？」

「無理やり押しつけようとするので、長火鉢の引き出しに入れて、逃げてきました」

「そういうことか」

「なにか、ありましたか？」

「いや、ちとご隠居がいろいろ迷惑をかけているらしくてな」

まさか、あんたが泥棒の疑いをかけられていたとは言いにくかった。

七

それから退屈で横になっていると、

「ここだよ、女絵師が殺された家は」

「こんな町方の家だらけのところでね」

などと、外の話し声が聞こえてきた。声からして、若い女二人が噂話をしているらしい。しかも、哀悼の意などまったく窺えない。両国のおばけ屋敷に入ろうかと迷っているような調子である。

「しかも、下手人はまだ捕まっていないんだって」

「そうなの？　でも、誰か住んでるんじゃないの？」

「住んでないでしょ。そんな気味悪い家に住む、物好きな人なんかいるわけないじゃない」

桃太郎はそっと立ちあがって、いきなり表戸を開けると、

「物好きで悪かったな」

と、言ってやった。二人の驚いたこと。

「きゃあ」

と、悲鳴を上げて逃げて行った。

だが、下手人を捕まえるまで、こうして噂は囁きつづけられるのだろう。

――なんとかせねば。

桃太郎は、思案し、とりあえず一か所にまとめておいたお貞の荷物を、じっくり調べてみることにした。

といっても、荷物はきわめて少ない。

蒲団を除けば、いちばん多いのは、これまでやった仕事の書物である。

錦絵はそう多くない。戯作の挿画が多い。ざっと七、八十冊はあるのではないか。

これらを一冊ずつじっくり眺めているうちに、途中で絵柄が急に変わっていることに気がついた。二、三年前が境目になっている。

――それが殺された理由と関係あるのか？

あまりあるようには思えないが、どこに手がかりがあるかわからない。

こういうことは誰に訊けばいいのか？　やはり、版元に訊くしかないだろう。

戯作の裏には、版元の名や店の場所も記してある。

変わる前と変わった後と、どちらも出している〈三葉堂〉という版元に訊いてみることにした。場所は牛込肴町とある。桃太郎はさっそく訪ねた。

牛込御門を出て、神楽坂を上り、毘沙門天の少し先に、その版元はあった。剣豪たちの列伝のようなものが売れているらしく、その書名の幟が何本も立てられている。

「ちと、訊きたいのだがな」

桃太郎は、店の奥にいたあるじだか、番頭だかに声をかけた。

「なんでございましょう？」

「ここでは、一桜斎貞女が挿絵を描いた書物を何冊も出しているな？」

「ええ。ただ、一桜斎は亡くなりましたが」

「それは存じておる。それで訊きたいのだ」

「町方の旦那で？」

「いや、わしは目付筋だ」

隠居でもいちおう筋か骨くらいにはなるだろう。

「お目付さまで。お目付さまがなぜ？」

「それは言えぬのだ」

「ははっ」

町人には、あまり関わりはないが、しかし目付という役名には、重々しさを感じるらしく、肩をすくめて、畏れ入ったという態度を示した。

「あんたは、あるじかい？」

「いえ、あたしは番頭の孝蔵と申します」

「じつは、一桜斎の絵柄のことなのだが、途中で大きく変わったように見受けられるのだがな」

「ああ、はい。確かに変わりましたな」

「どう変わったか、わしにはうまく言えぬのだが」

「一桜斎が仕事を始めたのは、六年ほど前でして、当時はまだ父親の一龍斎天（いちりゅうさいてん）鵬（ほう）が存命で、絵柄もよく似ておりました」

「なるほど。おやじに似ていたのか」

「それが、嫁に行き、しばらくしてから急に変わりまして」

「二年くらい前か」

「そうですね」

「とすると、嫁入り先であまりうまくいかなくなり、父親は亡くなり、逃げ出して、亡くなった八丁堀の家に引っ越してきたころに変わったのかな」

「あ、そうですね。それで、絵柄が変わると、戯作者にも気に入られ、一桜斎に描いてもらいたいという戯作者が増えまして、かなりの売れっ子になったところだったのです」

「おやじから離れたということか？」

「それだけではないでしょう」

「西洋画の影響でも受けたのかな？」

「ああ、そういう絵師はけっこういます。ただ、一桜斎の絵はそれとは違いますね」

「どう違う？」

「なんと言うのでしょう。不思議な荒々しさみたいなものが出てきましたね」

「荒々しさ？」

「迫力と言いますか。比べてみますか？」

と、番頭は二つの挿画を並べて見せてくれた。

「これは、どちらも鍾馗（しょうき）さまが描かれていますね」

「なるほど」

「だが、こっちは六年前のもの。こっちは二年前の作です。比べたら、二つの迫力は、まったく違いますでしょう？」

「違うな」

と、桃太郎はうなずいた。

二年前の作は、筆が太くなっている。それだけでなく、鍾馗さまの体型が、六年前より筋肉モリモリになっていて、いまにも暴れ出しそうな動きがある。六年前の鍾馗さまは、単に威張っているようにしか見えない。

「あたしも不思議に思い、訊いたのです。誰かの影響を受けてますか？　と」

「なんと言った？」

「それは秘密と」

「ふうむ」

やはり、殺された理由と、なにか関係はあるのかもしれない。

八

次の日になると――。

桃子はもうすっかり回復して、前よりも元気になったみたいに見える。こうなると、外に連れ出さないわけにはいかない。珠子が洗濯をしているあいだ、桃太郎が桃子を遊ばせることにした。

家を出て、桃子の足の赴くままに歩かせていると、

「しゅうたん」

と、桃子が言った。すると、すぐわきの家から、この前の男の子が出て来たところだった。たしか名前は周吉（しゅうきち）だったはずである。

さらにそのあとで、家のなかから長谷川の妻女が現われた。門構えでわかるが、やはり与力の家だった。

「この前はどうも」

と、丁寧に頭を下げてくれる。高村の妻女とは大違いである。

「お宅は、風邪は大丈夫ですか？　一昨日、桃子は風邪で熱を出しましてな」

桃太郎は嫌がられるとまずいので、先に言っておくことにした。

「ああ、うちのは五日ほど前にかかりました。今度の風邪は、あまり長引かないみたいですね」

「そうですか」

「でも、子どもは風邪を引きながら丈夫になると言いますものね」

「ほう。その言い方は初めて聞きましたが、そのとおりですな」

これくらいおおらかに接してもらいたいものである。

そのまま歩いていると、道のわきから、

「キェーッ」

周吉が駆け寄って来た。

「ももこ」

という甲高い声が聞こえた。

見ると、小さな道場らしき建物が造られ、盛んに竹刀を打ち合う音が聞こえてきた。

「気合が足りませんぞ」

「ありがとうございます！」

ついつい格子窓に手をかけ、稽古のようすを覗いてしまった。

上座正面にいるのは、この前の高村の奥方である。

その奥方が、薙刀の稽古をつけていた。

「はい、次！」

「お願いします」

次の相手が立ち向かったが、

「シャアーッ」

ぎりぎりで相手の薙刀を見切ると、上段から斬り下げるようにした。

「ほう」

たいした腕前である。足の運びが軽やかで、長身を生かし、大きく上から斬り下げてくる薙刀には、かなりの威力がありそうである。

そもそもが薙刀というのはかなり強力な武器で、同じころに男女が剣と薙刀の修行を始め、どちらも切り紙を得たあたりで対決させてみると、十人中八人は、女の薙刀のほうが勝つ。それくらい、有利な武器なのだ。

それをあれくらい使いこなせたら、かなりの剣の遣い手でも、苦労するだろう。

もう一人、薙刀の稽古をつけている女がいて、それはあの音田の新造だった。

こちらもなかなかの腕である。足の運びは、高村の奥方ほど軽やかではなく、むしろどっしり構え、相手の動きもよく見極めて、薙刀を小さく振るう。だが、腕力があって、威力は相当なものである。

この二人は筆頭の腕前で、やる気があり、熱心に稽古をつけてもらっているのが四人ほど、あとの十人くらいは、高村と音田に誘われでもして、しょうがなく付き合っているというふうだった。

——これは珠子はやめておいたほうがいいな。

ほとんど身体を動かしてこなかったのが、あんな稽古をつけられたら、どこかの骨を折ったりしかねない。指などが折れたら、三味線を弾くのにも影響が出るし、ここの女たちは三味線など弾けなくなっても、それはめでたいことくらいに思いかねない。

——弱ったものだ。

桃太郎は顔をしかめ、振り返って、桃子と周吉を遊ばせていた長谷川の妻女に、

「これが女武会というやつですかな？」

と、訊いた。

「ああ、はい」

長谷川の妻女は苦笑してうなずいた。

「うちの珠子が入るように勧められたのですが、どうしても入らないとまずいのですかな？」

「いいえ。そんなこと、ありませんよ。じっさい、あたしも入っておりませんし」

「そうなので」

「どうしてもと言われたら、長谷川の妻女と始めたことがあるとおっしゃってもらってかまいませんよ。それで、別の会に入れるなんてこともしませんし」

「そりゃあ、ありがたい」

どうも長谷川の妻女の口振りからして、女武会にはいろいろ問題がありそうだった。

九

ひとしきり周吉と遊んで帰って来ると、向こうからこの前の医者、向井永大がやって来るところだった。桃太郎と桃子を見ると、ぱあっと嬉しそうな顔になり、

「もう全快ですか？」

と、訊いた。

「うむ。おかげさまでな。向井先生に言われたとおりにしたら、翌朝にはもう熱は下がっていました。あの柳の枝も使わずじまいです」

桃子は、自分の家の前まで来ると、とことこと母屋の庭へ駆け込んで行った。珠子がこっちを見て、軽く頭を下げた。

「いや、使わずに済んだなら、それがなによりです」

と、向井は言った。

「爪楊枝にすると、歯痛を抑えるとは聞いていましたが、まさか熱を下げるとは知りませんでした」

「そうですな。下手すると、麻黄湯などより効いたりするくらいなのです。薬代がかからないので、わたしはよく使います」

「ほう」

それは柳の枝なら、薬代も取れないだろう。金儲け優先の医者なら、あの枝を切り刻んで薬研で粉っぽくし、いかにも生薬みたいにして、〈柳王丸〉だの、適当な名前をつけたりもするだろう。それで、百文（二千円）、二百文の金はかんたんに取れるはずである。

「それで、お代は？」

と、桃太郎は訊いた。

「そうですな、では、急いで駆けつけた代金も入れて、五十文（千円）ほどいただきますか」

「それは安い」

と、桃太郎はその場で代金を支払った。

金を手渡そうとすると、向井はたもとから頭陀袋のようなものを出し、

「これに入れていただければ」

と、言った。頭陀袋から、なじみのある匂いが立ち上った。

「もしかして、向井先生は、別の仕事もお持ちなのかな？」

「えっ」

向井永大の顔が強張り、あのおどおどした顔になった。

「なぜ、そのような？」

「なあに、初めて会ったときからそんな気がしたのさ」

「これは修行不足らしい」

「なんの仕事か当てましょうか？」

「はあ」

「坊さん、僧侶、違いますかな」

「当たりました」

と、向井永大は頭に手を置いた。

「やっぱりそうか」

「なぜわかりました」

「その頭陀袋の使いこなされたのと、全身からも匂う線香の香りで」

「そうか、線香臭いですか」

向井永大は、袖口あたりの匂いを自分で嗅いだ。

「寺はどこです？」

「弱ったな」

向井は眉をひそめた。意外に有名な寺にいるのかもしれない。

「誰にも言いませんよ」

「永代寺」

と、向井はつぶやくように言った。

「深川の？」

「さよう」

「まさか、住職なんてことは？」

「じつは住職をしております」

「なんと」

大栄山金剛神院永代寺。深川、いや江戸でも屈指の大寺院で、同じ敷地にある富ケ岡八幡宮の別当寺でもある。そこの住職が、かたわらで医者をしているとは、それはつい、こそこそしてしまうだろう。

「内緒でやっているので？」

「そりゃあそうです」

打ち明けられたら、こそこそというより、謙虚そうな態度に見えてきた。

「また、どういうわけで？」

「いつも亡くなってしまった人ばかりを弔っていると、その前の仕事、つまり人の命を救う仕事はやれぬものかと、もう十年ほど前から思うようになりましてな。以来、自分でも感心するくらい、医学の勉強をし、知り合いの医者にも相談して、では、内緒でやってみようということになったのです」

「そうでしたか。あっはっは」

桃太郎は嬉しくて笑った。

「ぜひ、ご内密に」

「もちろん、もちろん」

こそこそしているなどと思ったのが恥ずかしいくらい、桃太郎には逆に尊敬の念が湧き上がってきていた。

第二章　よみがえった汁粉

一

桃太郎が、今日も自慢げに桃子の手を引きながら歩いていると、以前住んでいた坂本町の一角に、たいそうな人だかりがあった。

とくに物騒な感じはしないので、近づいてみると、一軒の店の前に人が群がっている。というか、列をつくっている。それも、並んでいるのは、桃太郎とほぼ同年代の、すなわちかなり歳のいった女ばかりである。

「なんだ、この人だかりは？」

呆(あき)れたように眺めている近所の店のあるじに訊いた。

「ご存じないですか、だるま汁粉を？」

「だるま汁粉？　なんだ、それは？」

「昔、若い娘のあいだでもの凄く人気があったお汁粉なんです。一世を風靡(ふうび)したと言ってもいいでしょうね。当時は、わざわざ品川(しながわ)だの板橋(いたばし)だのから、ここのだるま汁粉を食うために、若い娘が押しかけて来たものです」

「ほう」

「それで、この界隈には、人気にあやかろうと、漢字にした〈達磨汁粉〉だの、ぜんぶ平仮名にした〈だるましるこ〉だのが出まして、かくいうあっしも〈だるまさん汁粉〉を始めたものでしたよ」

「流行ったのか？」

「だるま汁粉の行列が凄かったので並ぶのを諦めた客や、間違えて入る客で、そこそこ儲かりましたっけ」

　いまは何をやっているのかと看板を見たら、〈鴨なべ屋〉になっていた。汁粉屋から鞍替(くらが)えしたことを思うと、あまり味は期待できない。

「それで、これは何なんだ？」

　と、桃太郎は訊いた。

「そのだるま汁粉は、三十年前に店を畳んでいたのですが、十日ほど前に三十年ぶりに復活しましてね。すると、懐かしいというので、たちまちこの人気ですよ」

「ふうむ」

どおりで歳のいった女ばかりのはずである。三十年前の味が懐かしいというのでは、いまは若くても四十代前半くらいになっているのだろう。

とにかく凄い人出で、店に入りきらず、外に並べた縁台五つまで、すべて人で埋まっている。

その縁台に座っておいしそうにだるま汁粉をすすっているのは、なんと――。

「おい、千賀」

桃太郎の妻の千賀までが、駿河台からこんなところまでやって来ているではないか。

「あら、お前さま」

「並んだのか？」

「いえ。朝いちばんに松蔵（まつぞう）に並んでもらったんです」

「そんなことまでして、わざわざ汁粉など食いに来たのか？」

「もう、あたし、懐かしくて」

千賀のこんなに嬉しそうな顔は、この十数年、見たことがない。

「そんなにこれを食っておったのか？」

「若いときなんか、毎日来てたときもありましたよ」

「わしといっしょになったときは、お汁粉など食っておらなかったではないか」

「毎日食べていたのは、その前の、十五、六のころのことです」

ということは、四十四、五年前のことではないか。

「そんな昔からやっていた店なのか？」

「あたしが来ていたのは、ちょうどこの店が流行り始めのころでしたね」

そう言って、千賀は食べていた汁粉をぜんぶすすり終えた。

「あんた、甘いものは……」

と言いかけてやめにした。慈庵の話など、ここで持ち出したら、ひと月くらい口を利いてくれなくなるだろう。

「そんなにうまいのか？」

「もう一杯来ますから、お前さまも一口召し上がれ」

「わしはいい」

二杯目が来た。中身をのぞかせてもらうと——。

大きさが違う丸い餅が二つ、だるまのように並んでいる。頭のほうの餅には、海苔で顔も描かれて、食う前にまず素朴な笑いを誘われる。こういう趣向は、桃太郎の好みではある。

「ああ、この甘さ。たまらない」

千賀は二杯目を一口すすり、

「桃子にもあげましょうか？」

「桃子には駄目だ。汁粉なんざ食べさせたら、珠子に叱られる」

「まあ、こんなにおいしいものを！　食べたいわよねえ、桃子」

桃子も匂いを察知したらしく、目を輝かせて、いかにも興味津々である。なんだか急に十四、五の娘になったみたいではないか。

しかも、よだれまで垂れてきた。

「でも、ほら。こんなに食べたそうにしてますよ。可哀そうでしょうが」

こういうところが、婆さんにはしつけができないところなのだ。我慢を覚えさせるより、当面の愉悦(ゆえつ)を優先させてしまう。

「では、餅のところだけ、あんこをしゃぶってあげてくれ。絶対にあんこはつけてはいかんぞ」

「わかりましたよ。はい、桃子」

うまそうに餅を食べると、

「おっと」

と、桃子はたどたどしい口調で言った。

「夫？」

千賀は首をかしげた。

桃太郎にはわかる。「もっと」と言ったのだ。もっと食べたいと。しゃぶっても、甘味は残っていたのだ。

「駄目だ、駄目だ」

と、慌てて、来た道のほうに連れて行った。

すると、向こうからそば屋の卯右衛門が、いそいそとやって来るところだった。

「あんたもだるま汁粉か？」

「そうなんです。じつは、いまのかかあの前に、ベタ惚れだった娘がいましてね。その娘と食べた味です。懐かしくて、もう涙が出ますよ」

と、大の男が女の列のなかに並んだ。

「お汁粉の思い出で涙か。さぞや、満ち足りた青春だったのだろうなあ」

と、桃太郎は意地悪そうにひとりごちた。

二

八丁堀の役宅にもどって、桃子を珠子に返してから、朝比奈の家をのぞくと、狭い裏庭で剣の稽古をしているところだった。

桃太郎の剣の稽古は、気が向いたときはとことんやるというのが、昔からのやり方だった。嫌々やっても上達はしない、やる気が出たときにやる稽古が上達の極意だ、という持論がある。

だが、朝比奈は律儀だから、毎日、決まったころにやらないと気がすまないのだ。

見ていると——。

首をくいっくいっと動かしてから、沈み込むように後ろに倒れた。そのときには、剣を抜き放っている。

首で誘って、相手の剣をかわし、抜刀して相手の腕を斬る。そういう剣である。

　倒れたが、怪我をしないよう、うしろには藁束が重ねられている。

　朝比奈が考案した〈秘剣鶴の舞〉を、さらに進化させようとしているらしい。この前は、これを実戦に使って、髷を斬られてしまったのだ。髷でよかったようなもので、下手したら、頭の先まで斬られていたかもしれないのだ。

「ほう。後ろに倒れながら斬るのか？」

　と、桃太郎は声をかけた。

「なんだ、見ていたのか」

「かがむだけでなく、かがみながら後ろに倒れるのだろう？」

「そうしないと、沈み込むだけでは、どうしても間に合わないのさ」

「だが、ひっくり返ったら、怪我したりして、すぐには起き上がれないだろう？いちいち立ち合う前に、背中に藁を引ければいいがな」

「いいのだ。これは必殺の剣だからな。起き上がることは想定しておらぬのだ」

「なるほどなあ。いや、そういう剣はわしにはやれぬな」

　桃太郎の剣は、ずるいと誹謗されるくらいの技を繰り出しても、最後まで生き延びようという剣である。いさぎよくはないかもしれないが、しかし〈義〉のない剣は振るうつもりはない。

朝比奈も、今日はここまでと剣を納めたので、

「おい、留。あんた、だるま汁粉というものを知っているか？」

と、桃太郎は訊いてみた。

するとと朝比奈は、ぽんと手を叩き、

「ああ、だるま汁粉か。あったよなあ。食った、食った」

と、懐かしそうに言った。

「え、留も食ったことあるのか？」

「なに言ってんだ。桃もいっしょに食っただろうが」

「わしが？」

まったく覚えていない。汁粉など滅多に食べないし、しかも朝比奈といっしょに食ったなら、覚えているはずである。

「まずいな。惚けてきたのかな」

「なあに、物忘れなんか誰にだってあるさ」

「わざわざ食いに行ったのか？」

「いや、あのときは八丁堀の与力の一人が、抜け荷にからんでいるという疑いが

あって、それを調べに来たんだ。その帰りにたまたま立ち寄ったら、うまくて驚いたんだよ。わしも桃も、こんなにうまいものは初めて食ったと、感激したのだ」

「八丁堀の与力が抜け荷？　そういえば、そんな話はあったな」

「だろう」

「だが、わしはその一件には関わっておらぬ。その一件は、確か梅嶋大七郎が担当したのではなかったか？」

「桃じゃなくて？」

「わしはそのとき、旗本の吉松備後の銃の密造の件で、屋敷に乗り込み、鉄砲の弾をわき腹に食らって、しばらく静養していただろう」

　桃太郎の数多い武勇伝のうちの一つである。

「ああ、あのときは目付四人と家来を合わせて、三十人ほどで乗り込んだのだ」

「そうだよ。それで、先頭を切ったわしが、吉松に短筒で撃たれたのさ。まさか、いきなり撃つような馬鹿だとは思ってなかったからな」

「そうだった。撃たれても、果敢に斬り込んで行った桃に、わしは呆気に取られたものだった」

「かすり傷みたいなものだったからな」

じっさい急所は外れていたが、しかし出血はけっこうあって、それからふた月ほどはめまいの症状に悩まされたものだった。

「では、わしは梅嶋大七郎と、だるま汁粉を食べていたのか？」

「そうだろうよ」

「なんだ、わしはてっきり桃と食ったのかと思っていたよ」

「……………」

惚けを心配すべきなのは朝比奈のほうだと思ったが、朝比奈は気にするようすはなく、

「そうか、そうか。だったら、あれは桃も食っておいたほうがいい」

と、磊落（らいらく）な調子で言った。

「わしは甘いものはなあ」

「甘党辛党は、あのうまさを味わったら、関係なくなるぞ。騙されたと思って、一杯だけでも食ってみろ」

「そうか。あんたがそこまで言うなら」

気は進まないが、これも付き合いというものである。

「よし、付き合ってくれるか。では、明日にでも行ってみよう」

「だが、朝早く行かないと駄目だぞ。なんせ、もの凄い行列になっているのだから」

「わかった。では、明日、明け六つと同時に並ぼう」

「………」

桃太郎は、じじい二人が朝日に照らされながら、お汁粉屋の前に並ぶ光景というのは、なにかが終わってしまっているような気がした。

三

翌朝——。

朝比奈が起こしに来た。

「桃。行くぞ」

「わかった。ちょっと待ってくれ」

桃太郎は、慌てて蒲団から出て、顔も洗わず、刀を一本だけ差して、外に出た。

「早く、早く」

朝比奈は急かす。

こんなに食い意地の張った朝比奈も見たことがない。歳を取ると、食い意地に走る人たちがいると聞いたことがあるが、朝比奈もそれなのだろうか。

坂本町の店の前に来ると、列ではなく、十人近くが取り巻くようなかたちで立っている。なにかおかしい。

「どうした？」

桃太郎はそのうちの一人に声をかけた。白髪頭（しらがあたま）の町人である。

「これを見てください」

まだ開いていない店の戸に貼り紙がある。


諸般の事情により、閉店することになりました。

皆さまのご愛顧に感謝いたします。

店主

「なんだ、もう閉店したのか？」

これには、桃太郎も呆れ、驚いた。

「なんということだ」

朝比奈も愕然としている。

だが、桃太郎は朝比奈のためにはよかったと、内心思った。餅とあんこのお汁粉は、慈庵の忠告には、かなり相反するのではないか。もしも、これに嵌まって、毎日、食べずにいられなくなったりしたら、せっかくおとなしくなっているという病も、ぶり返してしまうかもしれない。

「まだ十日ちょっとですぜ。これはないでしょう。あたしは四谷から来たんですよ」

白髪頭の町人が嘆くと、

「あたしたちなんか、目黒からですよ。だるま汁粉が復活したと聞いたら、いても立ってもいられなくなっちまって」

婆さんの二人づれが泣いていた。

すぐに諦めて帰る者もいる。朝比奈も早々と諦めて、帰って行った。だが、新たな客が海賊橋を渡って、ぞくぞくとこっちに押し寄せて来ている。

その者たちは皆、貼り紙を見て、落胆したり憤慨したりする。もしも、今日、偽の〈達磨汁粉〉のほうを開けていたら、大繁盛だっただろう。

　まもなく、おきゃあとおぎゃあもやって来た。案の定、この二人も夢中になった口だったらしい。

「あら、愛坂さまもお並び？」

「嬉しいわ。食べものの思い出がいっしょだなんて」

　と、はしゃいだが、桃太郎が貼り紙を指差すと、

「え、なあに？　もう閉めちゃうわけ？」

「どういうこと？」

「あんなに喜ばせておいて、急にやめるなんて」

「ほんと。これから毎日、心ゆくまで味わおうと思っていたのに」

「なんか、悪い男に弄（もてあそ）ばれたみたい」

　この二人を弄ぶという男は、よほどのモノ好きだろうが、そういうことはとてもじゃないが言えるわけがない。

　さらに、卯右衛門までやって来て、

「あんなに流行っていたのに、いきなり閉店というのは不思議ですねえ」

　と、首をかしげた。

「地元のやくざにいちゃもんをつけられたということはないのか？」

と、桃太郎は卯右衛門に訊いた。

「そんな話は聞かないですね。だいたい、ここは八丁堀のなかみたいなところですから、やくざもほとんどちょっかいは出しませんから」

「じつは、借金をしていて、夜逃げをしたとかは？」

桃太郎はさらに訊いた。

「いやあ、ここの大家はあたしの知り合いですが、あれだけ流行っているのを見たら、夜逃げなんかさせませんよ。ちょっとぐらい借金があっても、すぐに返せるのはわかりますから。食いもの商売というのは、当たると儲けが大きいのですよ」

「ふうむ。だとすると、わからんのう」

桃太郎も首をかしげた。こうなると、一杯くらいは食っておけばよかった。

「どういうことか、愛坂さま、謎を解いてくださいよ」

卯右衛門がそう言うと、

「そうよ。お願い、愛坂さま」

「こんなんじゃ、未練が残っちゃうもの」

と、おきゃあやおぎゃあも桃太郎に手を合わせた。

「礼金はいつもどおりで、あたしが出しますので」

と、卯右衛門が言えば、

「あたしたち、それに上乗せさせてもらうわ」

おきゃあとおぎゃあは、裕福なのだ。二人で一朱（およそ八千円）ずつくらいは、はずんでくれそうである。

「そうだな。では、調べてみるか」

桃太郎自身は、甘味屋がつぶれようが復活しようがどうでもいいが、こづかい稼ぎのために乗り出すことにした。

四

まずは、店の大家を訪ねた。

この地で代々、乾物屋をしているばかりか、卯右衛門といっしょに町役人も兼務する、花右衛門（はなえもん）という男だった。

すでに店は開けていて、花右衛門は店の帳場に座っていた。家作（かさく）を持っているだけあって、余裕のある顔をしている。

「だるま汁粉の店を借りた者のことで訊きたいんだがな」

と、桃太郎は声をかけた。

「閉店したそうですね。あたしも、いま、かかあから聞いてびっくりしたんですよ」

「店賃は踏み倒されたのか？」

「いえ。ひと月分、先にもらっていたので、損はないんですが、どういうわけなんですかね」

と、首をかしげた。

「借りたやつの身元はわかってるのか？」

「はい。日比谷河岸前の重兵衛店の京助という人です」

日比谷河岸というのは、お城の日比谷堀のほうではなく、八丁堀の南側、越前堀に面した河岸である。

「歳は？」

「五十三と言ってました」

「どんなやつだった？」

「小柄で、なんて言うんですかね、よくスズムシなんか瓶のなかでいっぱい飼っているやつがいるでしょう。そういう感じの男ですよ」

「………」

よくわからないが、とりあえず訪ねてみることにした。

重兵衛店はすぐにわかり、長屋は九尺二間のありきたりなつくりで、住人に訊くと、京助の家は奥から二軒目だった。ほかの家の前には、植木鉢や盆栽がいろいろ並べられ、春の気配を漂わせているが、京助の家の前は、殺風景なものである。それればかりか、犬のものらしい糞が、家の前に落ちていた。

その糞を避けて、戸口の前に立ち、

「京助はいるか？」

と、声をかけると、

「なんです？」

返事がしたので戸を開けた。

痩せた男が元気のない顔で横になっていた。ただ、五十三にしては、ずいぶん若く見える。せいぜい三十五、六といったところ。これで本当に五十三だったら、もっと元気そうなはずである。

「わしは、愛坂という者だがな」

「はあ」

「だるま汁粉のことで訊きに来た。そなたがつくっていたのだな?」

「は? なんですか、それは?」

一寸先も見えていない、靄のなかにいるみたいに言った。

「坂本町の店だ。大家に訊いたら、借主はお前ということになっている」

「おっしゃることがわからねえのですが」

「お汁粉はつくってなかったのか?」

「あっしはただの棒手振りですよ。お汁粉なんざ、生まれてこの方、つくったことも食ったこともありませんよ」

「扱うのは、魚か?」

「いえ、あっしはやっちゃ場のほうでして」

やっちゃ場とは、野菜の市場のことである。

部屋を見回しても、お汁粉をつくるようなものは何もない。

「スズムシは飼ってないよな?」

つい、訊いてしまった。

「スズムシ？　なんですか、それは？」

「いや、それはまあいいが……」

桃太郎は自分でも変なことを訊いたと思った。

「棒手振りだったら、いま時分、売って回らなくていいのか？」

「一昨日の晩に、酔っ払って転んじまって、腰をひねったんです。それで昨日から仕事を休んでいるんですよ」

見ると、腰から腿のあたりに、膏薬が貼られている。

「知り合いに汁粉をつくって売っている者はおらぬか？」

「いやあ、聞いたことないですね。漬け物をつくって売っている知り合いはいますがね」

「では、なぜ、そなたの名を名乗ったのだろうな？」

「そんなことを訊かれてもねえ」

京助は、つまらなそうに笑った。

桃太郎はもう一度、部屋を見回し、いかにも運のなさそうな野菜の棒手振りの家に別れを告げた。

日比谷河岸の前に稲荷寿司の屋台が出ていたので、それを一つだけ買って、河岸に腰かけて食った。一つがやけに大きく、しかも混ぜ飯になっているので、食い応えは充分である。

思えば今日は、朝比奈とだるま汁粉を食うのに坂本町に行ったので、ずっとなにも食べていなかったのだ。

坂本町にいたときは、魚市場がすぐで、朝飯を食うのに都合がよかった。いまの家からだと、ちょっと遠いので、珠子のところからお裾分けをしてもらっている。今朝は、早々と出てしまったので、珠子も首をかしげているだろう。

それにしても、だるま汁粉の店主は、なぜ名や居どころを偽ったのか？　やはり、なんらかの悪事がからんでいるのかもしれない。

稲荷寿司を食べ終えると、桃太郎は眠くなってきた。いつもより半刻（一時間）以上、早く起こされたのだ。といって、武士がこんなところで眠りをむさぼるのは、ちとみっともないし、熟睡もできない。

ちょうど、前の堀を猪牙舟が通りかかったので、

「おい、日当たりのいいところを、一刻ほどかけて、海賊橋のたもとまでやって

くれ。舟賃ははずむよ」

こづかい稼ぎが多いので、ふつうの隠居に比べて懐には余裕がある。

「へっへっへ。贅沢な朝寝ですね」

と、船頭は笑った。

「朝寝なものか。ちと、横になって考えごとがしたいのだ」

とは言ったが、舟の揺れが心地好くて、たちまち熟睡してしまった。

一刻後――。

船頭に起こされて、海賊橋のわきの石段を上がって、卯右衛門のそば屋に顔を出した。こんななりゆきだと、もっと訊いておきたいことがある。

店には、すでにおきゃあとおぎゃあも来ていて、

「まあ、愛坂さま」

「もう、わかったの？」

と、小躍りして騒いだ。

「わかるどころか、店の大家に告げていた名も居どころもでたらめだったぞ」

「そうなの」

「キツネかタヌキに化かされたみたいね」

「だいたいが、店のあるじは、三十年前と同じだったのか？」

桃太郎は、卯右衛門と姉妹たちを見て訊いた。

「店主の顔なんか気にしなかったわね」

「冴えないおやじじゃなかった？」

と、姉妹の記憶は覚束ない。

「いやあ、違うでしょう。今度のも五十くらいの男でしたが、あの当時もやっぱりそれくらいのおやじだったはずですから」

と、卯右衛門が言った。

「どういう縁でまた始めたのか、訊いたりしなかったのか？」

「誰かが訊いてましたけど、なんでも手に入らなかった材料が、また入るようになったからだと言ってましたよ」

「材料のことまで知っているということは、前のあるじとなんらかの関わりはあるわけだ」

「でしょうね。ま、三十年経って、同じ歳だったら、せがれかもしれませんね」

卯右衛門は、見事な推測でしょうという顔で言った。

だからといって、なにかの手がかりになるわけではない。

「手に入らなかった材料というのは気になるな」

「そうですね」

「お汁粉など、そんなにいろんな材料を使っているわけはないよな？」

「ええ。小豆に砂糖に餅と、それくらいですわな」

「ネギは使わないか？」

と、桃太郎が訊くと、おきゃあとおぎゃあが、

「ネギは使いませんよ」

「お雑煮じゃないんですから」

腹を抱えて笑った。

「では、材料さえ揃えば、あんたたちも同じものをつくれるか？」

と、桃太郎は訊いた。

「材料がいっしょなら、つくれるわよね」

「つくれると思うけど」

「ただ、あの甘さがね」

「そう。あれはなにか秘伝みたいなものがあるはずよね」

「三十年前のだるま汁粉も、昨日まで食べただるま汁粉も、まったく同じ味だっ

たのか？」

桃太郎はしつこく訊いた。

「同じだったわよね」

「同じだった」

「だからこそ、当時の思い出がよみがえったのよね」

「ほんと」

だが、姉妹は味の玄人（くろうと）ではない。

「卯右衛門、あんた、食いものを商売にしてるよな」

「そうですよ」

「寸分変わらぬ味だったか？」

「いやあ、うまいのはまったく同じです」

「それじゃあ、ふつうの女子どもの感想だぞ」

「味は同じでした。ただ、小豆がやや小粒になっていたような気がします」

「なるほど」

と、桃太郎はうなずき、

「そもそもが、三十年前も流行っていたのに、なぜ店を畳んだのか、それ自体が不思議だよな」

「ほんとですね」

「今度の急な閉店も、そこにわけが潜んでいるのではないのか」

だとすると、相当面倒な調べになりそうである。

五

卯右衛門の店で昼飯をすませ、それから同じ甘味屋なら、だるま汁粉についてなにか知っているのではないかと、周辺の甘味屋を七軒ほど回って、訊いてみた。

どこのあるじも、だるま汁粉復活の噂は知っていたが、作り手のことも、急に閉店した理由や三十年前の閉店のわけも、なにも知らなかった。むしろ、売り上げを脅(おびや)かされたのか、閉店したのでホッとしているようだった。

夕刻になり、とりあえず、この日はここまでとして、桃太郎は八丁堀の雨宮の貸家にもどって来た。母屋のほうに耳を澄ませるが、桃子の声は聞こえない。大好きなじいじがいないので、ちょっと愚図って、珠子といっしょに買い物にでも行ったのかもしれない。

上がってすぐの部屋にごろりと横になる。ずいぶん歩き回ったので、疲れてしまった。

――それにしても、たかがお汁粉くらいで、よってたかってうまいうまいと褒めるものよ。

と、桃太郎は感心する。

あれは、おそらく甘さのせいに違いない。

ふつうの食いものなら、いくらうまくても、あそこまでの騒ぎにはならない気がする。女が好きなものが騒ぎや大流行をつくるのだ。

――しかし、あれは危ない食いものだな。

とさえ、桃太郎は思った。

横沢慈庵も、甘いものは身体にはよくないと言っていたはずである。それがあそこまでうまいということは、阿片（あへん）みたいなものが混じっていたのではないか。

だから、三十年前に中毒みたいになり、それを久しぶりに食ったものだから、えも言われぬ味と思ってしまったということも考えられる。

――つまり、毒か？

そう思ったら、背筋が寒くなった。

だが、もしも毒だったら、かつて毎日食っていたという千賀にしても、おきゃあやおぎゃあにしても、いまごろは身体の具合が悪くなっているはずである。あいつらが、いまもあれだけ元気だということは、やはり阿片だの毒だのということはなさそうである。

桃太郎がさらに考え込んでいると、

「どうも、愛坂さま」

と、窓の向こうに雨宮五十郎の顔が見えた。

「よう、早いな」

「いや、今日は宿直（とのい）の当番なんですよ。それで、晩飯は家で食ってから奉行所に行こうと思いましてね。珠子のつくる飯を食ったら、そこらで飯を食う気にはなれませんよ」

雨宮は恥ずかしげもなくのろけた。

「珠子は出ているみたいだぞ」

「そうですか。では、もどるまでお邪魔させてもらいます」

と、雨宮は桃太郎の家に入って来た。

「そうだ。あんたに訊きたいことがある。近ごろ、抜け荷の砂糖が出回っているというような話は聞いてないかい？」

おきゃあとおぎゃあが言っていた秘伝みたいな甘さというのは、もしかしたら抜け荷で入っている異国の砂糖でも使っていたのではないかと、ふと思ったのである。慌てて店を畳んだのも、抜け荷が摘発されたからと考えると、謎も解けるのではないか。

「抜け荷の砂糖？　聞かないですねえ」

「砂糖として入って来ているかどうかはわからんぞ」

「いや、いまは抜け荷の砂糖は入って来ていないはずです。このところ、国産の上質な砂糖が出回ってますので、わざわざ抜け荷として運んできても、利が薄いみたいです」

「なるほど」

とすると、甘味の正体は別にあるのかもしれないが、甘味など桃太郎はまるで縁も関心もなかったため、いつもの冴えが見られない。

「ところで、お貞殺しのほうの調べはどうなった？」

と、桃太郎は訊いた。

本来なら、雨宮は晩飯を食うのに、いちいち役宅にもどって来るような暇はないはずなのである。

「これがまた、さっぱりですねえ」

雨宮は恥じるようすもなく言った。

「さっぱりかい」

「ただ、妙な話を聞き込みました」

「なんだ？」

「お貞は、変な神さまを拝んでいたというのです」

「変な神さま？」

「どう変だったかは、まだわからないのですが」

「ふうむ」

桃太郎は首をひねった。ただ、江戸にはいろんな神さまがいて、桃太郎からすると、むしろ変な神さまのほうが多い気がする。

「神だの仏だのからんでくると、いろいろ厄介なので、それは嫌だなと思っているのですが」

「嫌とか言っている場合かい」

「ま、そうなのですが。ところで、ここの家の謎はおわかりになりましたか？」

と、雨宮はわからぬことを訊いてきた。

「この家の謎？」

「ほら、お貞が殺されたとき、戸口の心張棒がかかってましたよね」

「そうだったみたいだな」

桃太郎は直接見たわけではない。瓦版に書いてあったのを読んだだけである。

「愛坂さまは、家なんてのはかんたんに隙間がつくれるし、床下から出たり、窓枠を外したり、心張棒だって紐でも使えば、外からかけることだってできるとおっしゃいました」

「ああ、言ったな」

「あたしもそうだと思いました。ただ、なんでわざわざそんなことをしなければならなかったのか、そのわけについてはおっしゃってなかったです」

「う……」

「不思議じゃないですか。そのまま逃げればいいのに、なんでわざわざ、そんな手のかかることをしたんです？」

いい質問である。

だが、それをなぜ、自分で解こうとしないのか。

桃太郎もさすがにムッとして、

「それは、あんたが……」

と言ったところに、

「じいじ、じいじ」

桃子の声が聞こえてきた。

珠子が桃子の手を引いて、買い物から帰って来たのだ。

「よう、珠子、桃子」

雨宮は、啓蟄（けいちつ）の日のカエルのようにいそいそと、外に出て行った。

「あら、お前さま。早かったですね」

「うん。今日は宿直だろう。それでな……」

家族の和気藹々（わきあいあい）のようすを見て、桃太郎も怒る気は無くなってしまった。

——それにしても、お貞殺しの下手人は、なぜ、そんな手間のかかることをしたのだろう。

六

翌朝――。

桃太郎は、千賀の話を聞いてみようと、駿河台の屋敷へ向かった。毎日食べていたくらいだから、卯右衛門より詳しい話を知っているかもしれない。

ところが、駿河台の坂下でおぎんとばったり会ってしまった。

「まあ、愛坂さま」

若い女に、こんなに嬉しそうな顔をしてもらうと、十歳くらいは若返る。

「よう。元気かい？」

若ぶって、右手をひょいと上げて言った。

「退屈してるんです。どうぞ、ちょっとだけでも、お茶など召し上がって」

「そうじゃな」

ちょうど喉も乾いている。上がらせてもらうことにした。

この前も入った、庭に面した八畳間だが、ずいぶん感じが違っている。

「ほう」

「変わりましたでしょ、部屋とか庭の感じが」

「うむ。ずいぶん変わった」

「旦那が亡くなって、茶の湯はしなくなったので、お仏壇や神棚は、そっちに移したんです」

「なるほど」

茶室が仏間のようになっている。仏壇を粗末にしたのではなく、もっと大切な場所に置いたという感じである。

それで、八畳間に新しく飾り棚がつくられ、そこにいろんなかたちのお地蔵さまが並べられている。それらは、石を削ったのではなく、焼き物でできているらしく、素朴なかたちがたいそう愛らしい。ぜんぶで八体ほどある。

「いいではないか」

と、桃太郎は褒めた。

「ありがとうございます。これを見ていると、落ち着くんですよ」

「わかるよ。わしなどは、信仰心が薄くて、しょっちゅう叱られるが、こういうものを見ると、なんとなく頭（こうべ）を垂れたくなる」

「それは、愛坂さまのお気持ちがやさしいからですよ」

と、おぎんは微笑んだ。

顔つきも、だいぶ穏やかになっている。

そういえば、殺されたお貞も変な神さまを拝んでいたという。近ごろ、若い女のあいだで、変な神さまを拝むのが流行っているのではないか。

「これは、神さまかい？　それとも仏さまかい？」

桃太郎はしらばくれて訊いた。

「やあだ。違いますよ。これは人形で、別に拝んでいるわけじゃないんですよ」

「あ、そうか。どうも、わしも流行にはうとくてな。あっはっは」

笑ってごまかすしかない。

「お忙しいんですか？」

おぎんが訊いた。

「忙しいというか、まあ、いろいろ調べものをしているよ」

調べものというほどのことではないが、そういう言い方をすると、おぎんが興味を示すような気がした。

「調べもの？」

案の定、おぎんの表情が小さく光った。この娘は学びたい気持ちが強いのだろう。

「なあに、じつはだるま汁粉という食いものが、昔、大流行してな」

「だるま汁粉？」

「おぎんさんは知るわけがない。流行ったのは三、四十年前で、三十年の間は、消えていた食いものなんだ」

「そうなんですか」

「それが三十年ぶりに復活したら、懐かしいというので、大人気になった。ところが、十日ほどやったら、急に閉店してしまってな」

「まあ」

「そのわけを調べてくれと言われて、いろいろ訊き回っているのさ」

「そうなんですね。でも、あたしが、十代のころは、鎌倉河岸（かまくらがし）の〈団子四天王〉が凄い人気だったんですよ」

「団子四天王？」

それも知らない。いったい自分は、世のなかの何を見ながら生きてきたのだろう。

「四つの団子が串に刺さっているんですが、それぞれ、蜜（みつ）と、漉（こ）し餡（あん）と、粒餡、きなこと、四つとも違うんです。そのどれもがおいしくて、でも、食べる順番は人それぞれ工夫できるということでも人気だったんです」

「ほう」

「ああ、懐かしい。あたしもあれが復活したら、必ず食べに行きますよ」

「いつの時代も、そういう流行りがあるのだな」

だが、桃太郎は流行りものを追いかけたという覚えはない。その点では、意外に保守派なのだ。

「でも、愛坂さまは、そんなことまでお調べになるんですか？」

「もちろん、これは目付の仕事とは関係はないさ。いわば、わしの道楽みたいなものだよ」

「立派な道楽ですねえ」

皮肉を言っているようすはない。

「立派かね」

「だったら、あたしも殺された友だちのことを調べてもらいたいくらい」

おぎんはすっと眉をひそめて言った。

「殺された？」

「瓦版などでもずいぶん騒がれたんですよ。女浮世絵師、殺されるとか」

「おい、あんた、お貞の友だちだったのか？」

桃太郎は驚いて訊いた。

「え、お貞ちゃん、ご存じなんですか？」

「ご存じなんてもんじゃない。わしはいま、そのお貞の家に住んでいるのだ」

「八丁堀の？」

「そうなのさ」

「まあ。あたしも二度ほど、あそこに遊びに行きましたよ」

「そうだったのか。お貞とは、いつから友だちなのだ？」

「もともとは亡くなったうちの旦那の知り合いで、一度、骨董の会で引き合わされ、話が合って、友だちになったんです」

「そういうことか」

「近々、また会おうと言っていたのが、あんなことになって」

と、おぎんは袂で涙をぬぐった。

「お貞はどういう娘だった？」

「賢い人でしたよ。それに、いい絵を描きたいという思いが強くて、なにか取り入れられるものはないかと、いろんなことを勉強してました」

「なるほどな」

ただ、あの家に書物の数はそう多くはなかった。

「なにか、おかしな神さまを拝んでいたという話もあるんだがな」

「おかしな神さま？」

「改宗しろとか勧められなかったかい？」

「いいえ、そんなことはなかったですよ」

「あの家で拝んだりは？」

「そんなところ、見たことないですし、変な神さまの話なども訊いたことはないですよ」

「そうか。では、いい加減な話なのだろうな」

そういえば、あそこには父親の位牌はあったが、あとはありきたりのお札が貼ってあるくらいで、とくに神具だの仏具だのも見当たらなかった。

どうせ、聞き込んできたのは雨宮だから、適当な話なのだろう。

まだ、ほかに訊きたいことがあるような気がするが、あまり長居をするのも気が引けるので、

「その件については、改めて伺うよ」

「ええ。いつでもご遠慮なく」

　桃太郎は名残り惜しい気持ちで、おぎんの家を出た。

七

　駿河台の屋敷にやって来ると、千賀は出かけようとしているところだった。女中の伴もつけずに行くつもりらしい。

「おい、まさか？」

「そうですよ。いまから、だるま汁粉に行くのです。松蔵が一刻前から並んでいますから」

「無駄だよ」

「無駄ってなんですか？」

　千賀は桃太郎を押しのけるような勢いで訊いた。

「だるま汁粉は閉店になったんだ。諸般の事情につきだとさ」

「えっ……」

「やって来た客は皆、がっかりしてたよ」

「あたしもがっかりです」

千賀はそう言って、袂で涙をぬぐった。

「おい、お汁粉屋がつぶれたくらいで泣くな」

「だって、お前さま。あの汁粉を食べると、十四、五のころのことがよみがえるんですよ。あたしが、どんなにウブで純粋だったか、お前さまにはおわかりにならないでしょうけど」

「ウブで純粋だったのか？」

「ええ。男の方のことなんか、これっぱかりも考えず、願いはお琴の腕が上がることだけ。いつか、上さまが、白い馬に乗って、あたしを迎えにいらっしゃるのかと思っていました」

「………」

あまり純粋な夢とも思えないが、桃太郎は余計なことは言わない。

「それで、わしはなぜ、だるま汁粉が急に店を畳んでしまったのか、その理由を探っているのだが、なかなかわからんのだ。そこで、味のほうから探りを入れてみようと思ってな、あんたにあの汁粉のうまい理由を聞こうと思ってきたのさ」

「まあ、そういうことでしたら、よくぞ訊いてくださいましたわ」

「なにか、わかっていることはあるのかい？」

「ありますよ。あのね、あの汁粉の甘さは、砂糖だけをふんだんに使っているわけじゃないですよ。ほかの甘味を半分ほど取り入れているんです」

「ほかの甘味？」

「そう。だいたいが、砂糖が出回り始めたのは、そう昔のことじゃありませんよ」

「そうだよな。わしが子どものころは、砂糖は壺に入れて、棚のいちばん上に置かれていた。これは薬で、子どもが舐めると死ぬなどと脅されていたよ」

「脅しを信じたのですか？」

「誰が信じるか。脅されたら、かえって舐めたくなり、ときどき棚から取って舐めていたよ。それでも、ああいう甘過ぎるものは、わしは子どものころから苦手だったな」

「そりゃそうでしょう。お供えのお酒まで失敬して飲むような、ワルだったんですものね」

話が別のほうに行ってしまったので、

「それより、甘味の話だろうが」

と、話をもどした。

「そうそう。あの甘味は砂糖だけじゃありませんでした」

「砂糖でなかったら、なんなのだ？」

「甘味というのは砂糖がないころは、あまづらから取ったもの、小麦からつくった水飴、それに干し柿から取ったもの、ハチミツなどがあったんです」

「けっこう、あったのだな」

「あたしは、そのうちのハチミツを加えていたと思います」

「ほう」

「ちょっと、お待ちを」

と、千賀は台所のほうに行き、小さな瓶を持って来た。

「これがハチミツです。ちょっとだけ、お舐めになってみて」

「舐めるのか」

桃太郎は舐めたくなかったが、これも調べのためと、匙で少しだけすくって舐めた。

「ふうむ。甘いな」

「甘いでしょ」

「甘いけど、砂糖の甘さよりはこっちのほうがましだな」

「おや、よくおわかりで。ハチミツには、自然の花の匂いや風味があるから、砂糖よりおいしいんですよ」

「なるほど」

「でも、このハチミツは、ハチがいろんな花からミツを集めてきたものだから、ミツのごった煮みたいなものなんです」

「そうなのか」

「ハチミツの味は、ハチがミツを集めた花によってずいぶん違ってきます。あのだるま汁粉で使われていたハチミツは、大変珍しいものでした」

「なんだ？」

「あたしは、あのころ、これはひまわりのお花畑で集めたミツを使っていると思ってました」

「ひまわり？」

「ご存じですか、ひまわりの花は？」

「ああ。あの大きくて、お天道さまのほうを向くというやつだろう」

どこかの庭で一本だけ咲いているのを見たことがある。

「そうです、そうです」

「だが、ハチがミツを採るくらいなら、よほど群生していないと駄目だろう」

「そうなのです。あたしは、実家の知行地(ちぎょうち)である房州(ぼうしゅう)の田舎で、この味を知りました。そこは、海に面した畑にいっぱいひまわりが植えられ、そこではミツバチも飼育されていました」

「ほう」

「でも、そこはそれほど大量にはつくっていなかったので、だるま汁粉に卸(おろ)しているということはなかったと思います」

「では、江戸のどこかにあるのだろう？」

「江戸近郊にねえ。ひまわり畑がありますかねえ」

と、千賀は首をかしげた。

八

駿河台の屋敷を出て、八丁堀のほうへと歩きながら、桃太郎は千賀の、甘味に関する知識と舌の確かさに感心していた。

ハチミツの味は、ほかにもレンゲや菜の花など、いろいろ区別がつくらしい。

いったい、どれだけ甘いものを味わってきたのか。

あれでは、甘いものを禁じられたら、泣きたくもなるはずである。

海賊橋を渡って、卯右衛門のそば屋に入った。昼飯どきの混雑が一区切りついたところで、桃太郎はいつもの窓際の席に腰をかけた。

「どうです、愛坂さま？」

と、卯右衛門が調理場から出て来て訊いた。

「うむ。じつはな……」

桃太郎は、ひまわりのハチミツのくだりまでを語った。

「ひまわり畑？」

「見たことがあるか？」

「いやあ、あたしは二、三年前に、お伊勢参りと、日光参りをしてますが、どちらも夏ごろの旅だったけど、ひまわり畑などというものは見ませんでしたな」

「だよな。だいたい、あの花はやたら図体がでかくて、花だって牡丹のような艶やかさもなければ、桜のような可憐さもない。ごてごてしていて、花というより、なんだか家畜の一種みたいな気がしないか？」

「そこまでひどく言うほどでもないと思いますが。あれで、種は食いものになったり、油が取れたり、なかなか有用なものみたいですぞ」

「そうなのか。では、油屋にでも行って訊いてみるか」

「ひまわり油を扱うところは、なかなかないでしょうけどね」

「そうなのか」

ふと、窓の外を見ると、おきゃあとおぎゃあの二人がやって来る。

「あの姉妹は、花見などしそうだから、江戸でひまわりが咲いているところなんか知っているかもしれぬな？」

「ああ、あの姉妹はいろんな楽しみに貪欲ですが、意外に花見はしないみたいですよ。花より団子の口ですし、あとは芝居と、囲碁将棋は好きみたいですがね」

「そうなのか」

噂をしていたら、二人は店のなかに入って来た。

「あら、愛坂さま」

「そろそろ、おわかりになった？」

うるさいことと言ったら、耳をふさぎたい。

「まだなんだよ。あんたたちが、花の名所を知っていてくれると助かるんだがな」

「花の名所？　ああ、それは生憎ね」

「あたしたち、子どものころから、ああいうはかないものって駄目なのよ」

「咲いたと思うと、散ってしまうでしょ」

「楽しみというのは、年中、味わえるものじゃないとねえ」

　貪欲な女の言いそうなことだと思ったが、そういうことは言わない。

「そうか。ひまわりの花が群生しているところなど知らないかなと、思ったのだがな」

「ひまわりの花？」

「あ？」

　姉妹は顔を見合わせた。

「ひまわりのお花畑と言えば、あそこよ」

「ああ、そうそう」

　思い当たるところがあるらしい。

「どこだ？」

桃太郎は訊いた。

「余所者は見ることはできませんよ。藩邸のなかですから」

「どこの藩邸だ？」

「阿波さまの下屋敷」

「というと、鉄砲洲だな」

大大名の屋敷はほぼ頭に入っている。あそこは確か一万数千坪の広さはあったはずである。

「あそこのお庭は、一面のひまわり畑なんです」

「圧巻だったわよね」

「なぜ、知っている？」

と、桃太郎は訊いた。

「あたしたちの実家の店が、阿波さまのご用達になっていて、そんな縁で下屋敷の茶会に招かれたことがあるんです」

「もう、四十年以上前よね」

「もっと前かも」

「そうね。それで、あたしたち、ふつうの花とかはほとんど興味なかったけど、あのひまわりの花って、ふつうじゃないですよね。なんかやたらと大きいし、色もまるで可憐じゃないし」

「ちょっと毒々しいくらい派手で、不気味な感じもするわよね」

「ほんと。それが逆に気に入ったのよね」

「この花、面白いって」

「それから、ほかにもひまわり畑があるなら見に行きたいって思ったけど、江戸市中でほかにひまわり畑は見たことないわよね」

「一本、二本くらい咲いてるところはあるけどね」

「いや、いい話を聞いた」

桃太郎は、昼飯のそばを食うと、さっそく阿波徳島藩の下屋敷を見に行くことにした。

九

桃太郎は、八丁堀の南、鉄砲洲界隈にやって来た。

ここらは、大名屋敷が密集するところだが、阿波藩の下屋敷は、その外れのほう、海に近いあたりにある。

海と屋敷のあいだには、本湊町(ほんみなとちょう)という町人地があり、ここは漁師町になっている。

屋敷沿いに歩いてみた。

高い塀があるので、屋敷のなかは窺えないが、ここらは海風が吹いて、駿河台あたりよりはだいぶ暖かいはずである。千賀の実家の知行地同様に、ひまわりを育てるには適しているのではないか。

細い道を辿って来ると、ふいに視界が開けた。

百坪ほど空き地みたいな、荒れ庭みたいな土地があった。掘っ立て小屋もあり、そこには洗濯物が干してあったりして、人が住んでいる気配もある。

ちょうど通りかかった近所の者に、

「ここはどういう者が住んでいるのだ？」

と、訊いてみた。

「ああ、ここの住人は本来は船大工をしていたんだけど、親子そろってちょっと変な人で、ミツバチを飼ったり、キノコを育てたり、佃煮をつくったり、職人とも百姓ともつかない、変なことばかりしてるんだよ」

近所の者はそう言って、関わりたくないというように足早にいなくなった。

しばらく眺めていると、掘っ立て小屋から小柄な五十代とおぼしき男が現われた。男はまず、庭を一回りして、同じような草をむしり、それを束ねてから、小屋の軒下に吊るした。どうやら、薬草のようなものを陰干ししたらしい。

それから、庭の隅に並べた樽（たる）のところに行き、なかのようすを確かめ、空を見回した。樽のあたりに、ミツバチが飛び回っているのは、ここからでも見えた。

ここらの大名屋敷はいずれも広大な庭を持っている。そこには、季節ごとになんらかの花が咲いているに違いない。

つまり、ここでミツバチを飼っても、集める花の蜜には不自由はしないはずなのだ。

桃太郎は、ボロボロの低い竹垣を乗り越えて庭に入ると、

「おい」

と、声をかけた。

「あっ」

男の顔が強張った。

「坂本町で、だるま汁粉の店をやっていたのは、そなただな」

そう言って近づくと、

「く、来るんじゃねえ。来たら、こいつらに攻撃を命じるぜ」

「ミツバチにか？」

桃太郎は微笑んだ。ハチといっても、ミツバチは丸っこくて、愛らしい姿で、ほかのハチのような脅威はまったく感じない。

「こいつらは、あっしの子分なんだ」

男はそう言って、樽の蓋を開けた。

ミツバチの群れが煙のように湧き上がった。

「子分だと？」

「そうだ。何万匹といるぞ」

「そりゃあ、あんたは、たいした大親分だな」

そういえば、だるま汁粉の店の大家の花右衛門は、こいつのことを「スズムシを瓶でいっぱい飼っているような男」と言っていたが、まんざら外れてはいなかったわけである。

「あっしが襲えと命じれば、こいつらはいっせいにお前さまに襲い掛かるぞ」

男は、ハチの目みたいな目つきになって言った。

「ミツバチになど刺されても、どうってことはないわ」

「一匹や二匹ならな。だが、何万匹に刺されたら、お前さまはぶくぶくに腫れあがって、高熱を出して、おっ死んじまうわ」

「げっ」

桃太郎は、そうなった自分の姿を想像した。思いも寄らなかった危機に遭遇しているらしい。

「おい、よせ。わしはなにも、お前を咎めようとして来たのではない」

両手を前に出し、男をなだめるように言った。

「では、なにしに来た？」

「だるま汁粉が突然、閉店したので、落胆した者が大勢いるのだ。それでわしが、どういうわけで店を閉じたのか、わけを調べてくれと頼まれたのだ」

「あっしだって、閉めたくて閉めたわけじゃねえ」

「だろうな。あれだけ流行ってたんだものな」

「流行り過ぎたんだ。まさか、あそこまで流行るとは思わなかったんだ」

「なるほど。事情を聞かせてくれ。なにか助けてやれることもあるかもしれぬぞ」

桃太郎は、できるだけやさしげな口調で言った。

「あんたになにがわかる？」

「だいたいのところは想像がついた。あのだるま汁粉には、ひまわりの花から採ったハチミツを使っていただろう」

桃太郎がそう言うと、

「なんでわかった？」

と、男は目を剥（む）いた。

「味からわかったんだ。それで、そこの阿波藩邸のなかには、広大なひまわり畑があることもわかっておる」

「そこまでわかったのか。あんた、川又（かわまた）さまの仲間か？」

「違う、違う。わしは、阿波藩とも、だるま汁粉とも、その川又とかいう者とも、なんの関わりもない。だから、心配せずに話してくれ。悪いようにはせぬ」

「………」

男は桃太郎が信用するに足るか、窺うような目で見つめている。

「察するに、三十年前、やはり大人気になっていただるま汁粉が店を閉じたのには、なにか面倒ごとがあったんだよな？」

「あった」

と、男はうなずいた。

「藩のほうから叱責（しっせき）されたのか？」

そう考えるのが妥当なところだろう。

「叱責なんてものじゃねえ。当時の用人さまは、庭のひまわり畑を利用して、金儲けをしていたのがばれ、切腹まで言い渡されたのだ」

「そうだったのか」

「あっしのおやじは用人さまにそそのかされてやっただけだし、儲けもたいして分けてはもらえなかったので、お咎めはなしで済んだのだ」

「なるほど」

「当時の殿さまは怒って、ひまわり畑はすべて焼き払い、その後は荒地のままになっていた」

「だが、三十年経ったら……？」

と、桃太郎は訊いた。薄々話は見えてきている。

「なにかのはずみでひまわり畑が復活したんだ」

「ああ、そういうことはよくあるよな」

「すると、用人の川又さまが、当時のことを思い出し、あっしに声をかけてきたんだ。あんなに盛大にやらなくても、ぼちぼちやれば、誰にもばれないからと」

「なるほど。ところが、思いのほかの大人気か」

「まさか、三十年も経って、あんなに流行るなんて」

「驚きだよな」

世のなかというのはわからないのである。

「それで、屋敷の女中たちが、だるま汁粉の噂をしているのを川又さまが耳にして、もう、これはやめだとおっしゃったんだ」

「なるほど、そういうことか。それで、その川又という用人も無事なわけだろう？」

「もう、あっしにはなにも言っては来ないでしょうが」

男は、ふてたように言った。

「まあ、これでなにごともなく収まるだろう」

と、桃太郎は言った。この男としては、もう少し儲けたかったところだろうが、用人が表立った商売にしない限り、仕方のないところである。

「だといいんですがね」

「ところで、お前の名は？」

「竹次郎（たけじろう）だよ」

「店を借りるとき、名を偽ったな？」

「ああ。もしかしたら、また、お咎めがあるかもと思ったんでね」

「京助というのはなんなんだ？」

「あいつはここらを回っている棒手振りなんですがね。一度、あいつが持ってきた小豆が汁粉に合いそうだったんで、仕入れ先を教えてもらったんですよ。いっしょにやっちゃ場に行って、帰りにあいつの家の前を通ったんで、覚えていた重兵衛店の京助ってことにしたんです」

「小豆のことでやっちゃ場に行ったのに、京助は汁粉のことはなにも知らないと言っておったがな」

「ああ。小豆の漬け物をつくってみるんだと言ってましたから」

「小豆の漬け物……」

そういえば、漬け物をつくる知り合いはいると言っていた。

これで謎はぜんぶ解けたことになる。

十

「そういうことでしたか」

桃太郎の報告に、卯右衛門は大きくうなずいた。

「去年のひまわりのハチミツは、まだ余っていてな。誰か買ってくれないかと言っておったよ」

桃太郎は、すべて話してくれた礼に、買い手を見つけてやると、竹次郎に約束してきたのだ。もちろん、卯右衛門を見込んでのことである。

「へえ」

「勿体ないだろうよ」

「ハチミツでしょ」

「あんた、だるま汁粉を継いでみたらどうだ？」

「あたしが？」

「流行ること間違いなしだろうよ」

「いや、あたしの店に婆さんたちがどっと押し寄せるんでしょう。勘弁してくださいよ」

卯右衛門も家作をいくつも持っているから、金儲けに汲々としていないのだ。

「だったら、名前を変えればいい。八丁汁粉ではどうだ？」

「なんだか、八丁味噌でも入っていそうですね。でも、まあ、そばのあとに汁粉ってのも乙でしょうから、やってみますか」

ということで、十日後には店の壁に、〈八丁汁粉〉の品書きが貼られた。

おきゃあやおぎゃあに試食させても、味はまったく同じだという。

ところが、おかしなことに、名前が違うと、同じ味でもたいして人気にはならない。

桃太郎が売れ行きを訊ねても、

「まあ、ぼちぼちですね」

と、卯右衛門が苦笑する程度だった。

第三章　子どもの酔っ払い

一

桃太郎は、駿河台下のおぎんの家に向かっている。この前は、中途半端になってしまったので、殺されたお貞について詳しい話を聞くつもりだった。

そういう歴(れっき)とした要件があるのだが、そのほかに、なんとなくやましいような気持ちと、ウキウキした気持ちがある。

——もしかして、正式に旦那になって欲しいなどと言われるかもしれない……。

そういう、だらしなくふやけた期待があるからである。

だが、本当にそんなことを言われたら、自分は引き受けるのだろうか。

　桃太郎にとって、いまいちばん大事なことは、桃子のすぐ近くに住んで、毎日、遊ぶことができるというこの境遇である。しかし、お妾の旦那というのは、たいがい別の家から通うものだから、そこはどうにでもなるだろう。

　駿河台の愛坂家からすぐ近くというのは、どうしたって支障が出るかもしれない。千賀や富茂だけでなく、三人の孫たちだの、松蔵など家来たちだの、女中たちだのに見られる可能性もある。長男の仁吾は、芸者に子を産ませたという前科があるから、おやじの不行跡(ふぎょうせき)を探ったりはしないだろうが、ほかのやつらはわからない。

「大殿さまが、坂下のこじゃれた家に入るところを見た」

「大殿さまが、変にこそこそしたようすで、坂下の一軒家から出て来るところを見た」

　といったところから始まり、

「あの家に住んでいるのは、若いお妾らしい」

「では、大殿さまが？」

「これはいちおう、奥さまや、大奥さまにもご報告しておいたほうが……」

　それは良くない。

そういうことになると、非常に良くない。千賀はいま、甘いものを我慢したりしていて、そこへ夫の浮気の話が耳に入ったりすると、どういう修羅場になるのか、ちょっと予想しがたい。加えて、堅物の嫁の富茂あたりは、

「おじじさまには近づかないようになさい」

と、孫たちに命じるかもしれない。

それを防ぐには、やはりおぎんの住まいを移すしかないだろう。となると、屋敷の者たちは近づかず、雨宮家にも縁がなく、といって通うには遠くないといったら、やはり小網町(こあみちょう)あたりが適している。あのあたりに、こじゃれた一軒家を、買うのは無理にしても、借りてやるとなると、月々いくらくらいかかるのか。

おぎんは、お金はいらないみたいなことを言っていたが、男の立場としてはそうはいかない。いまのところ、小遣いには不自由しないが、若い女一人の面倒を見るとすると、卯右衛門の頼まれごとの礼金くらいでは、とてもおっつかない。本格的に用心棒仕事なども引き受けないといけないかもしれない。

――これは、今日から朝比奈といっしょに剣術の稽古だな。

そんなことを考えながら、おぎんの家までやって来た。

「ごめん」

玄関の前で声をかけるとき、胸がどきどきして、二、三度、犬のように、

「ハアハア」

と、息をした。

返事はない。

玄関の戸を開け、二階の押し入れにいても聞こえるような声で、

「ごめん」

と、もう一度、言った。

「はあい」

おぎんが奥から、やけにいそいそした調子で出て来たが、桃太郎の顔を見て、

「あら、愛坂さま」

と、目を丸くした。

「うむ。例のお貞について、詳しい話を訊きたくてな」

「そうでしたか。ただ、今日はいまから、お客さまがお見えになるもので」

おぎんは前掛けで手を拭きながら言った。

「あ、そうか。出直すよ」

「このあいだまでいた女中も、旦那が亡くなり、自分のことくらい自分でできる

ので、多めの慰労金を与えてやめてもらったんですよ。そしたら、さっそくこれですから」

「うん、いいよ、いいよ。気にするな。邪魔したな」

「明日以降はいつでも大丈夫ですので！」

おぎんは玄関の外まで出て来て、歩き出した桃太郎の背中に向けて言った。

どうやら、接待の支度をしていたらしい。

だが、この前、桃太郎と朝比奈が訪ねたときは、それほど接待といったものはしてもらっていない。

われらは、大事な客ではなかったのか。

それに、化粧もこの前よりしっかりやっていたように思える。この前は、口紅こそ塗っていたが、白粉(おしろい)は軽くはたいた程度だった。今日は、みっちり下塗りからやったように見えた。

ということは、客は女ではない。間違いなく男である。それも、少しでもきれいに見せたい相手なのだ。

まだ喪も明けないうちにそういうことでは、尻軽のそしりを受けても仕方がないだろう。もっとも、桃太郎にもそういう下心があったのだから、他人のことは言えない。

――ううむ。好敵手の出現か。

誰かそこらの話を聞いている者はおらぬだろうか。

――そうだ。あのそば屋のおやじは、いろいろ聞いているかもしれない。

そろそろ昼飯の刻限なので、のぞいてみることにした。

「おや、愛坂さま」

名前も知られてしまった。愛坂家は近いので、迂闊なことは言えない。

「この前、赤いハエの騒ぎがあったお妾だがな」

「はい、おぎんちゃんでしょ。近ごろ、うちにもよく来てくれるんですよ」

「元気にしてるか？」

「ええ。元気そうですよ。それにしても、あの子は、お妾をしていたにしては、いい気性の子ですよねえ」

「そうかね」

「このあいだなんか、隣にいた二歳くらいの子どもが、お椀をひっくり返しちまって、汁がおぎんちゃんの着物にかかったんですよ」

「ほう」

「いい着物でしたよ。蝶々の柄の、薄緑色の小紋でね。ふつうだったら、怒ってもしょうがないところでしょうが、あの子は、大丈夫よ、帰ってすぐに洗えば落ちるからって。それから、叱り出した母親には、そんなに叱らないでくださいって」

「そりゃあ、たいしたもんだ」

「あれだったら、ちゃんとした嫁にだって、充分なれますよ」

「なんでならないのかね」

桃太郎は、できるだけさりげなく訊いた。

「なんでも、おっかさんの苦労を見てきたので、あたしは身軽な立場がいいんだって決めたんだそうですよ」

「それがお妾稼業か」

「わかる気がしますよね」

「新しい旦那でも見つかりそうなのかね」

「愛坂さまも気になります？」

「いや、わしはどうでもいいのだが、わしの友人で、朝比奈というのが、すっかりおぎんを気に入ったみたいでな」

こんなときは、朝比奈の名を使わせてもらうに限るのである。

「いやあ、あの子は誰だって気に入りますよ。あたしだって、お金に余裕があれば、声の一つもかけたいところですよ」

「おいおい、あんたもかい」

「ですから気になって、探りを入れたりしたんですがね、もう、大店の隠居みたいな人は終わりにしたいと言ってました」

「では、若い男か？」

「若い男は駄目だと言ってましたよ」

「そうなのか」

内心は踊りでもおどりたい。

「やはり、いろんな経験をしている人は頼りになると」

「そりゃあそうだろう」

「剣の腕が立ったりすると、なおさらですと」

「ほほう」

「けっこう、面倒臭いことも言ってましたよ」

「どんなことだい？」

身を乗り出しそうになったが、逆にのけぞるようにして訊いた。

「思いやりはあるんだけど、それを露骨に示さない、頑丈のある優しさに満ちた人がいいとかなんとか？」

「頑丈のある優しさ？」

「へなへなしてないってことですかね？」

「含羞ではないか？　はじらいとか、照れという意味だ」

「あ、それですね」

話を聞くと、なんだか桃太郎のことを言っているような気がしてくる。

——ここは決断のしどころかな。

と、桃太郎は内心で思った。

蟹丸に惚れられたときは、若過ぎて腰が引けたが、おぎんくらいなら無理すれば付き合えなくもないのではないか。

二

八丁堀にもどって来て、山王旅所の裏手の芭蕉堂のわきを通りかかったときである。

「なにが番頭だ！」

　と、声がしたので、思わず足を止めた。

「遠州屋の信用に傷がつくだとぉ。傷なんかとっくについてるだろうが。偉そうな面、するなっつうの！」

　呂律が回っていない。酔っ払いの言葉だが、声は子どものそれである。子どもがあんなになるまで酔っ払うか？

　おかしいと思って見てみると、やはり子どもがいた。

　見た目は七、八歳くらいか。古びて、裾も短くなった着物を着た町人の子どもである。

　桃太郎が見ているのには気づかず、

「だいたい、おめえはそろばんもろくにできねえだろうっつうの。いつも間違えてばかりだ。そのわけが、わかってるのか？　人差し指で珠をはじくとき、中指で隣の珠もはじいているんだよ。それでいっつも、おれたちが勘定のし直しだ。番頭なら、そろばんくらいちゃんとはじけっつうの！」

　と、まだやっている。どうも、どこかの手代になりきっているらしい。

桃太郎がぐるっと回って、男の子に近づくと、慌てたように口をつぐんだ。

「なにをしていたのだ？」

「あ、いや、なんでもないよ」

「酒は飲んでおらぬな？」

「飲んでないよ」

「酔っ払いの真似か？」

「ええ、まあ。へっへっへ」

だが、目が真剣だった。

気になるが、わけを訊いても答えそうにない。あまり突っ込まないことにした。

男の子は、逃げるように立ち去ってしまう。

その後ろ姿を見ていると、ちょうど珠子が桃子の手を引いてやって来た。

「おじじさま」

「おう、散策か。おや、桃子、いいもの持ってるのう」

手にレンゲ草の小さな花束を持っている。花摘みをしてきたのだ。

「あい」

と、桃太郎に突き出した。嬉しくて、思わず泣きそうになった。

「いいよ、いいよ。桃子が摘んだのだからお家に飾ればいい」

「ちれい？」

「うん、ちれいだねえ」

「いま、誰かをじいっと見ているようでしたが？」

珠子が訊いた。

「うむ。じつはな……」

と、子どもが酔っ払いの真似をしていたことを話した。

「父親の真似でしょうか？」

「父親の？」

「子どもは親の真似をするでしょ」

「それはそうだが」

「父親が酔っ払って言うことを、子どもが聞いていて、真似をしているのかも。子どもなりに、親の大変さを感じ取ろうとしているのかもしれませんね」

「なるほどな」

「それでなくても、八丁堀の子どもたちの世界もいろいろありますからね」

「そうなのか？」

「もちろん、どこの子どもたちも無邪気なだけというはずはないと思いますが、八丁堀の場合は、与力と同心という身分の違いに加えて、町方の人たちの貸家に住んでいる町人と、まったくの町人地に住んでいる人たちと、そこらへんもからんでくるみたいで」

「確かに子どもの世界にもそういう身分の差はあるだろうな」

「そのため、意地悪や仲間外れなど、苛めも多いらしいんです」

「そうなのか」

と、桃太郎は眉をひそめた。子どもの苛めと聞くと、見た目が愛らしいだけに、陰惨な感じがしてしまう。

「もちろん、子どものことだから、黙って耐えるだけじゃなく、下からの逆襲みたいなこともあって、なんだか子どもなりに戦々恐々といった感じみたいですよ」

「加えて、女の世界には例の女武会まであるしな」

「ああ、そうですね」

「まあ、わしはそこらのことには関わらないようにするさ」

と、桃太郎は言った。それで桃子が眼をつけられ、苛められたりしたら可哀そうである。

三

家にもどって来ると、隣で朝比奈が剣の稽古をしているのが見えた。

「おい、ちと、わしにも稽古をつけてくれ」

「それは望むところだ」

朝比奈は木刀を振っていたが、防具の用意がないので、互いに竹刀を使うことにした。これを真剣に見立てての稽古である。

ともに正眼に構えると同時に、桃太郎は朝比奈の腕を狙って、軽く突きを入れた。朝比奈は引いてかわすが、桃太郎は思い切って前進している。

竹刀の先は、予想よりはるかに伸びている。

「おおっ」

朝比奈は引いても引ききれない。竹刀の先が、朝比奈の手首に触れた。

実戦なら、これで朝比奈はかなりの傷を負っている。

いったん構え直すと、今度は正眼のまま、桃太郎は前進した。竹刀と竹刀がぶつかり、顔と顔が接近する。

押し合いになる。が、朝比奈が押し負けて、下がろうとした瞬間。桃太郎がわきを駆け抜けがてら、胴を打った。

「ううっ」

朝比奈が顔をしかめた。

「大丈夫か？」

「ああ。しかし、桃は相変わらず強いな。たいして稽古もしておらんのに」

「わしだってしてるさ。あんたとは、稽古の仕方が違うのさ」

「ふうん」

朝比奈は信じられないという顔をした。

だが、桃太郎は嘘を言っているわけではない。いまも町をあるいているとき、しょっちゅう、あの侍が急に刀を抜いて斬りかかってきたときはどうするかと考え、自分の動きを頭のなかで思い浮かべる。そのつど、足や手に力が入るし、一町ほどこれをやると、二十人くらい斬ったみたいにへとへとになる。

しかし、これはかなり実戦向きの稽古だと、自分では思っている。

「それにしても、やけに気合が入っているではないか？」

朝比奈がいぶかしんだように訊いた。

「ちと、金が要りそうなのでな」

「金のための稽古か？」

「用心棒の仕事でも受けようと思ってな」

「ははあ」

「なにがははあだよ」

「お前、昔から金が要るときは、おなごを口説けそうなときだったぞ」

「そ、そんなことは……」

いささか動揺した。

「あの子か」

朝比奈は、毛虫が這うときみたいな目をして訊いた。

「誰だよ？」

「この前、家を訪ねたおぎんというお妾」

「いまは妾ではないぞ」

「その言い方がすでに狙っている証拠だ」

「むふっ」

「あれは、桃の好みだよな。わしは、この前見たときから、そう思っておった」

「わしの好みなんかわかるのか？」

「わかるさ。佐野屋（さのや）の仲居のおもとも、永井（ながい）家の出戻りの八重乃（やえの）も、舟宿利根屋（とねや）のやもめの女将の、なんと言ったっけ、そうだ、あかね、あの女も……どれも、おぎんによく似た感じだったろうが」

「お前、他人の女の名前まで、よく覚えているな」

「そりゃあ、妬ましかったからな」

「………」

　まったく、朝比奈との付き合いは長過ぎて、隠しごともできない。

「だがな、桃。わしはやめたほうがいいと思うぞ」

　朝比奈が急に真面目な顔になって言った。

「え？」

「この歳になって、家に波風を立てても、ろくなことにはならぬ。桃子にだって、いいことはないだろうよ」

「桃子にも？」

桃太郎は思わず訊き返した。

「そりゃあ、揉めごとになり、お前が屋敷にもどりにくくなったりすると、なんらかのかたちで桃子にも影響はあるだろうよ」

「ううむ」

そこまで考えるのは朝比奈の真面目な気性ゆえだろう。桃太郎は、そういうことはうまくやる自信がある。

「まあ、忠告はうけたまわっておくよ」

そう言って、桃太郎は自分の家にもどった。


家のなかで、今度は全身の筋伸ばしをしていると、雨宮が鎌一とともに帰って来て、窓からこっちをのぞき、

「愛坂さま」

と、声をかけて来た。

「よう、ご苦労さん」

「じつは、今日もお貞の件で動いていたのですが、やっぱりお貞は、変な神さまを拝んでいたみたいですよ」

「そうなのか」

「版元の手代が言っていたので、間違いないと思うんですが」

「それなのだがな、じつはお貞の友だちという女とたまたま知り合いになってな」

どこの誰とは、雨宮に言うつもりはない。

「そうなので」

「その女は、お貞が変な神さまを拝んでいたことなど知らないと言っておったぞ」

「なんだかわからない話ですね」

「まあ、わしももう一度、詳しく訊ねてみるがな」

雨宮が母屋のほうへ行くのを見送って、桃太郎はもう一度、部屋やお貞の持ち物を詳しく見てみることにした。

まずは、仏壇と位牌を眺める。仏壇は、どぶの羽目板でつくったみたいな粗末なもので、位牌も戒名ではなく、「和久蔵(わくぞう)之霊位」と俗名が書かれているだけである。妙な信心をしていたら、こんな仏壇や位牌ではすまないだろう。

つづいて、柱や台所の壁に貼ってあったお札を見る。

愛宕山の火伏のお札、三社札、近所の鉄砲洲稲荷のお札と、どれもありきたりのお札である。

方角を特に気にしたようすもない。お釈迦さまの像が、押入れのなかで逆さまに吊るされていたり、二階の上がり口に、黒い鳥居がつくられていたりもしない。どこにも、変わったところはない。

それでも、怪しい神信心が関わっているというのか。

もしかしたら、心張棒がかかっていたのも、なにか信心に関連することなのか。

穢れた魂を閉じ込めるとか。

そういう理由は、あの連中はいくらでも思いつくのだ。

そうなると、雨宮が言っていた、なぜ、心張棒をかけたかという疑問は、解決できたことになる。

――そういえば……。

心張棒の件もわかったような気になっていたが、本当に紐などでやれるのか、試してみたくなってきた。

紐で輪をつくり、それに心張棒を通して、戸の隙間から紐を動かして、戸にかけるようにするが、うまくかけても、今度は紐を抜くのが難しい。

それで輪はつくらず、紐の真ん中にかけるようにして、心張棒を落とし、紐の一方を引いて抜こうとすると、心張棒も転がって外れてしまう。

紐は諦め、台所の窓から物干し竿を伸ばし、これで心張棒を操ろうとするが、これも容易ではない。こんなことをしていたら、きっと誰かに見咎められていただろう。

つまり、心張棒の仕掛けも、口では簡単にできると告げたが、じっさいやるとなると、かなり難しいのだった。

四

翌日――。

桃子を歩かせていると、後ろから親子連れがやって来た。片割れは、あの酔っ払いの真似をしていた子どもである。

桃太郎は、顔を見られないよう、身体の向きを逸らしつつ、さりげなく二人のようすを窺った。二人はともに俯きがちで、いかにも元気がない。

「おい、福助（ふくすけ）」

「なんだい、父ちゃん」

あの子の名は、福助というらしい。

親子はゆっくり歩いているので、桃太郎と桃子は並ぶかたちになった。そのため、二人の話がよく聞こえてくる。

「おめえには、つまらねえことをさせてすまねえな」

父親は、痩せて、背が高く、きりっとしたいい男である。

「うん」

「悪いとは思ってるぜ」

「いいよ」

「よかあねえだろ」

「だって、ずっとやるわけじゃねえだろう？」

「ずっとはやらねえよ。だが、おれも思ったより儲かるんで、驚いてるのさ」

「そうか」

「おめえにも小遣いをやらなくちゃな」

と、父親は巾着を取り出した。

「ほらよ」

じゃらじゃら音がしたので、二文や三文という銭ではない。四、五十文ほどもらったのかもしれない。

「こんなにもらっていいのかい？」

「おめえの働きのおかげだからな」

「じゃあ、もらっとくよ」

ふつうの親子よりも友だち同士みたいな会話で、それは聞いていて好ましくないこともない。

もっと話を聞いていたかったが、桃子が向きを変え、別の道を進んだため、盗み聞きもそこまでになった。

だが、路地を入るところまでは見えたので、住まいの見当はつきそうだった。


ところが、それから一刻ほどして、桃太郎が卯右衛門のそば屋で昼飯を食べてもどって来ると、福助のまったく別の顔を見てしまったのである。

山王旅所の境内だった。

福助と二人の子どもが、武士の子と向かい合っていた。どうもようすがおかしいので、お堂の陰に隠れながら話を聞くと、福助たちのほうが、武士の子にいちゃもんをつけているではないか。

「なんだよ、武士の子だからって、偉いのかよ。なにか、いいこと、したのかよ。武士ってのは民百姓を守ってこそ武士なんだぜ。お前、民百姓を守るようなこと、してるのかよ」

「それは、わたしがまだ、子どもだから」

「子どもでなにもしなくていいなら、刀なんか差すなよ」

「刀は……」

「刀はなんだよ？」

「刀は武士の魂だ」

「なにが魂だ。刀はただの人を斬るための道具だろうが。武器だろうが。勿体ぶるんじゃねえ。恰好つけるんじゃねえ」

　桃太郎が感心するほど、福助は口が達者である。

「しかも、お前、おれたちの友だちを蹴ったよな」

「え？」

「とぼけるな。一昨日、天神さまのところで、子どもがお前の歩いている前を通ったら、武士の前を横切るなって、蹴ったじゃねえか」

「あれは、邪魔だったから」

「邪魔なら蹴ってもいいのか」

「それは」

「あいつはまだ五歳だぜ」

「歳は知らなかった」

「見るからにかよわいだろうが。武士の子は弱い者苛めをしちゃいけねえと、教えられねえのかよ」

「そんなつもりじゃなかった……」

「あいつは腿のところに痣ができたぜ」

「……」

「仕返しさせてもらうぜ」

福助はすばやく蹴りを入れた。

「うっ」

うずくまったところに、顔をこぶしで殴った。

さすがに歯向かおうとしたが、仲間の二人が両脇から手を動かせなくした。

福助はもう一度、顔を殴った。武士の子は鼻血を出し、泣き声が洩れた。

これ以上やるなら、止めに入ろうと思ったが、福助はそこで止めた。

「今度やったら、もっと痛い目に遭わせるからな」

そう言って、武士の子に帰れというように手を払った。

それから福助は、二人の仲間に、たぶん十銭ずつほどの銭を与えて、

「助太刀、ありがとうよ」

と、礼を言った。

「なあに、福助の頼みだったらなんでもするよ」

「次も言ってくれ」

「ありがとうよ」

どうやら、福助はこの界隈の子どものあいだでは、なかなかいい顔らしい。

朝のうちに見た、しょぼくれて素直そうな顔と、いまのたいそう不良じみた顔。二つの顔に興味を持ち、桃太郎は福助のことをもっと調べてみたくなっていた。

五

子を知るには親を見ろ。そんなことわざはないはずだが、しかし、そういうものだろうと、桃太郎は、まず福助の父親のほうを探ることにした。

この前、二人が曲がった路地を入ってみる。

長屋があって、井戸端でおかみさん二人が洗濯をしていた。

桃太郎は、あたりを見回すようにしながら近づいて、

「このあたりで住まいを捜しているのだが、ここらの住み心地はどうだね？」

と、訊いた。

露骨には訊かず、遠回りして訊き込む策である。

「いいよ。なんてったって、便利だからね」

おかみさんの片割れの、若いほうが自慢げに言った。

「だろうな。空いてる家はあるかね？」

「いまんとこ、ふさがってるけど、空くところは出てくるかもね」

「そうか」

と言って、長屋全体を見回すと、一軒だけ、やけに派手な家がある。腰高障子の障子紙が青い色で塗られている。さらに、山吹色に染まったのれんまでかかっている。

「あそこは、飲み屋かなにかかな？」

「あっはっは。そう思うよね。でも、別に商売をしているわけじゃないよ。あそこは芝居者が住んでるんだよ」

「芝居者？　役者か？」

「役者ったって、歌舞伎役者じゃないよ。宮地芝居の、それも役者というより、座付き作者をしてるって言ってたけどね」

「ほう。ちなみに、なんという人なんだ？」

「そんな有名な人じゃないよ。福次郎さんていうんだけどね」

「福次郎？」

子どもの名は、福助といった。やはり、あの家に住んでいるに違いない。

「上はないのか？」

桃太郎はさらに突っ込んで訊いた。

「中村屋とか言ってたけど、歌舞伎のほうとは関係ないと思うよ」

おかみさんがそう言ったとき、戸が開いて、この前の父親が出て来た。

福次郎はちらりとこっちを見たが、挨拶はせず、目を逸らすようにして、路地から外に出て行った。

「ほう。さすがにいい男だな」

「まあね」

「しかも、悪役はやれそうもない顔だ」

やくざとか、悪党そうには見えない。だいたい、そういうやつは八丁堀界隈には住まないだろう。

「でも、苦労は多いみたいよ」

「ほんと」

と、もう一人の、歳のいったおかみさんもうなずいた。

「なんでわかる?」

「だって、おかみさん、逃げちゃったんだもの」

と、若いほうが、声を低めて言った。

「逃げた?」

「どうも、若い役者と駆け落ちしたみたいなのよ」

「ほんとか？」

「隣の長屋に芝居好きがいて、その人は前から福次郎さんの芝居も見てたくらいで、その人が言ってんだから、ほんとなんでしょ」

「なるほど」

「そのとき、こつこつ貯めてた、自前の小屋をつくるお金も持ち逃げされちまったみたい」

「踏んだり蹴ったりではないか」

「そればかりか、福次郎さんが育てた看板役者は、歌舞伎のほうに引き抜かれて、とうとう一座も解散しちまった」

「ありゃあ」

「息子が一人いるんだけど、いまは福次郎さんが面倒見ててね」

「息子が？　それも役者か？」

だとしたら、あれは芝居の台詞ということも考えられる。

「いいえ、息子はまだ八つで、芝居には関わってないですよ」

「そうか」

「福次郎さんというのは、隣の芝居好きに言わせると、才能はあるんだけど、運がないんだって。力を入れてやった芝居のネタが、歌舞伎のほうとかぶったり、おかみさんと駆け落ちした役者も、ほかから引き抜いてきて、あんなことになってね」

「あれはひどいよねえ」

と、もう一人の歳のいったほうも、顔をしかめて相槌を打った。

「そういうんじゃあ、酒に溺れちまったりするんだろうな」

桃太郎がそう言うと、

「ところが、福次郎さんは、お酒、飲まないんですよ」

「そうなのか？」

「身体に合わないらしくて、お酒は一滴も飲めないって。だから、あの酒好きなおかみさんには物足りなかったのかもね」

だとすると、福助のあの酔っ払いの真似はなんなのだろう？

「そういうことでは、福次郎の家が空くかもしれんな」

桃太郎がそう言うと、

「え？　お武家さまが越して来られるんですか？」

「いやいや、わしのこれなんだけど」

と、小指を突き出し、

「一軒家を借りていたのだが、家賃が払い切れなくなったので、長屋住まいに変えてもらおうと思ってな。妾に長屋住まいさせるようじゃ、いつまで持つか」

そう言って頭を掻いてみせると、おかみさん二人は口を押さえながらも、笑い転げた。

六

父親の福次郎の境遇については、ずいぶんわかったが、せがれの福助の、酔っ払いの真似についてはまったくわからない。

いったん家に引き返し、それから暮れ六つごろになって、夜はどうしているのかと家を見に行ってみると、ちょうど福次郎と福助が出かけるところだった。

──夜になって出かけるのか？

まさか、親子泥棒などというのではないだろうが、桃太郎はあとをつけることにした。

坂本町を抜け、海賊橋を渡るつもりらしい。

卯右衛門が店の前にいて、桃太郎を見つけ、名を呼ぼうとするのを、

「しっ」

と、人差し指を口に当て、牽制した。

親子は海賊橋を渡ると、まっすぐ進んで、通一丁目の裏手に入った。

すると、すでに暗くなっているのに、急に賑やかになった。広い間口の飲み屋が、大きな提灯をぶら下げ、なかの明かりや騒ぎが外までこぼれ出ているからだった。

提灯には、〈たぬき屋〉の文字。その下には、五尺ほどの高さの、大どっくりを持ったタヌキの置き物が置いてある。

間口は四間ほど。奥行きもかなりあって、満員になれば百人近くの客が入るのではないか。いまも、ざっと五、六十人の客がいる。縁台はあまり多くなく、ほとんどの客が、小さな樽に腰かけ、大樽の上に酒や肴を置いていた。そのあいだを、若い娘が三人ほど、小走りに回って、酒を運んだり、注文を取ったりしていた。

通一丁目の裏通りにしては、いかにもざっかけなくて、これでうまい酒と肴を出していたら、繁盛も当然だろう。おそらく、このあたりの大店の手代たちにも

人気があるはずである。

福次郎はその店の前に立ち、しばらくなかを眺めていたが、福助と顔を見合わせ、

「よし」

というようにうなずいてから、二人で店に入った。

しかも、福次郎は空いている樽に腰を掛け、回って来た店の娘に酒を頼んだではないか。

──どういうことだ？

と、桃太郎は首をかしげた。

長屋のおかみさんは、福次郎は一滴も飲まないと言っていたはずである。

桃太郎も店に入り、福次郎の近くに座って、ようすを窺うことにした。

福次郎が頼んだ酒が来た。そのちろりの酒を、自分で盃に注ぎ、口先まで持って行くと、周囲を窺い、そっと酒を土間にこぼしてしまった。

──飲んだふりだ。

なにをするつもりか、桃太郎にもさっぱりわからない。

福助のほうは、福次郎のそばで、所在なさげに立ち、ぼんやり店のなかを見回

している。

近所の職人が、子どもを連れて出かけたついでに、一杯飲んでいるという風情である。とくに怪しいと思う者はいないだろう。

桃太郎の酒も来たので、一口飲んでみる。甘過ぎない、いい酒である。これをぜんぶ、土間に吸わせてしまうとしたら、勿体ない話である。

そのうち福助は、酔っ払いたちのあいだをうろうろし始めたが、二人連れの客のそばに、さりげなく横向きに立った。

どうも、酔っ払いの話に耳を傾けているようすである。二人の酔っ払いは、そばに立った少年のことなど眼中にない。しきりに、盛り上がっている。

福次郎のほうは、こっちにいて、そっと福助を窺っている。

それからしばらくして、福助が、

「美濃屋(みのや)の番頭がなんだってんだ。しかも、筆頭じゃねえ、たかだか三番番頭じゃねえか。それがえらそうにしやがって。だいたい、あいつは江戸娘の着物の好みもわからねえんだ。それで、上方(かみがた)の派手好みの要領で、柄を押しつけようとしてるんだ。あんなんじゃ、売り上げは伸びるわけがねえ。それで、おれたち手代に発破をかけるなんざ、思い違いも甚だしいやい！」

と、やり出した。

客の真似をしているのだ。

真似された客は、啞然となった。

それから慌て始め、

「小僧、この野郎！」

カッとなって、福助の頭をはたいた。

「あっ」

福助は、すぐそばの樽にぶつかり、土間に倒れ込んだ。桃太郎はそのときにはそばに行ってようすを見ていたが、あれは大げさだろうというほどの、福助のやられっぷりだった。

そこで、福次郎が登場した。

「おれの子どもになにするんだ？」

顔つきが変わっている。昼間見たときのような、気弱な感じは消え失せ、多少芝居がかってはいるが、凄みを感じさせる。堅気のお店者なら、あの目つきにはさぞや腰が引けてしまうだろう。

――これか。

と、桃太郎は思った。

このゆすりのため、福助は稽古をしていたのか。

やっと合点がいった。

「あんたの子？」

「そうだよ。なんだって、おれの子を殴ったりしたんだ？」

「殴ったなんて、軽くはたいただけだよ」

「軽くはたいただけで、こんなになるか？」

福助は地べたに転がって、痛そうに唸っている。

客は、福次郎と福助を見て、

「すまねえ」

と、詫びた。酔いは覚め、赤かった顔も青くなっている。

「すまねえじゃねえ。ほら、見ろ。下手すりゃ、骨が折れてるかもしれねえ。医者に連れて行かなきゃ。もちろん、代金は払ってもらうぜ」

「医者？」

「ああ。ここらの医者は、二両や三両は平気で吹っかけるだろうがな」

「待ってくれ。これで勘弁してくれ」

手代は慌てて、巾着を出し、なかから南鐐（一朱銀・およそ八千円）らしき銭を出し、父親に渡した。

「そうか。じゃあ、これで医者に診せるわ。福坊、立てるか？」

「うん」

福助が痛みをこらえるふうに立ち上がると、親子は店を出て行った。

ここまで、大きな騒ぎにはなっていない。福次郎も、相手を脅しはしたが、低い声で話していて、周囲はほとんど気に留めなかった。

——なるほど。

と、桃太郎はそれについても見当がついた。

福次郎親子は、ここを稼ぎ場所にしているのだろう。だとすると、あまり大仰にやれば、店の者にも怪しまれる。となれば、当然、出入り禁止になってしまい、恰好の稼ぎ場所を失うことになる。

それを避けるためにも、できるだけ静かに、あの恐喝劇を演じているのだった。

いったんは、これで納得した桃太郎だったが、

――待てよ。

と、思った。

福助は芭蕉堂のところで酔っ払いの真似をしていたが、あれは覚えた台詞を復習しているみたいだった。ということは、ここだけで済まず、まだつづきがあるのではないか。

さっきの客はすっかり白けたらしく、連れといっしょに店を出た。桃太郎も席を立ち、この客の後をつけた。

客は連れとはすぐに別れ、大通りに出ると、通一丁目から二丁目のほうへと歩いて行く。すると、案の定、どこかに隠れていた福次郎と福助の親子が現われ、後をつけ始めた。

あの客は、三丁目に入ってすぐの大店の前で立ち止まった。店の看板を見ると、〈美濃屋〉とある。客はここの手代なのだ。

店の横の路地を入り、潜り戸らしきところを叩くと、戸が開き、手代はなかに入った。

そのときである。

後をつけて来た福助が、

「美濃屋の番頭がなんだってんだ！　しかも、筆頭じゃねえ！　たかだか三番番頭じゃねえか！」

たぬき屋にいたときよりもずっと大きな声で怒鳴り始めた。

すると、いま入ったばかりの手代が、慌てて飛び出して来た。

「やめてくれ、やめてくれ！」

「いま、医者に行ったら、骨にひびが入っていると言われたぜ。あんな南鐐ごときじゃ足りなそうなんでな、追加をもらおうと思って来たんだよ」

と、福次郎が言った。

「追加って、いくら？」

「一両で手を打とうじゃないの」

「一両……」

手代は呆れた顔をした。

「嫌なら、おい、福助」

福次郎が福助を促すと、

「美濃屋の番頭がなんだってんだ！」

またも大声で怒鳴り始めた。

「わかった、わかった。やめてくれ」

「な。だから、一両でこんな大店の手代の身分を失わずに済むんだから、安いもんだろうが」

「ちょっと待っててくれ」

手代はそう言って、いったん店に引き返し、まもなくもどって来た。

「持って来たよ、一両」

手代は悔しそうに小判を福次郎に手渡した。多くもない給金のなかから貯めた金の一部なのだろう。

「これで、こいつを医者に診せてやれるぜ」

「約束してくれ。これで最後だろうな」

手代は念押しした。ゆすりたかりは、下手するときりがなくなることはわかっているらしい。

「もちろんだ。欲をかくと、あんただって、いろいろ反撃の策を練るだろうからな。もう二度と会わねえよ」

そう言って、親子は走るように店の前からいなくなった。

陰に隠れて一部始終を見た桃太郎は、

――ほう。なかなかよく考えたものよのう。

と、感心してしまった。新手の脅しである。こんな手口は聞いたことがない。

福次郎の戯作の才に、福助の物真似の才があってこその狂言だろう。手口がわかっても、なかなかやれることではない。

――ただ、子どもを使うことだけは感心せぬのう。

桃太郎はどうしたらいいか考えた。

とりあえず、今宵はこのまま帰ることにした。

七

福次郎の手口を見破った桃太郎だが、解決は慎重にやらないといけない。大人と違って、子どもの心を傷つけることになる。

翌朝になってもまだ迷っていて、歩きながら考えようと、あたりを散策していると、

「いいですね、与一郎（よいちろう）。見つけ出して、仕返しをするのですよ」

門のところで、女が子どもに叱るように話す声が耳に入った。

そこは、女武会が使っている道場のわきである。どうやら、道場は高村家の敷地内につくられたものらしい。

桃太郎はまたも物陰に隠れ、聞き耳を立てた。

「でも、わたしは塾にも行かなくちゃいけませんし」

と言ったのは、昨日の朝、福助に脅されていた少年である。どうやら高村家の息子だったらしい。桃子に風邪をうつされたと言っていたのは、さすがにあの少年ではなく、弟か妹なのだろう。

「いまは塾より武士の名誉が大事でしょうよ。あなたが仕返しをしなかったら、母が行きましょうか？」

と、高村家の奥方が言った。

「それはやめてください。親に口出しされたら、もっとみっともないことになります。わたしは、武士の仲間からも、笑いものにされてしまいます」

「だったら、町人のほうのケリをつけなさい。町人なんか、ちょっと刀を抜けば、泣いて謝るものです。わかりましたか！」

これには桃太郎も呆れてしまった。刀などやたらに抜いて、取り返しのつかないことになったらどうするのか。どうやら高村家の奥方は、逆上すると、先が見えなくなるらしい。

「それに、あなたも仲間を連れて行ってもいいのですよ」

「仲間を？」

「ともに戦ってくれる友がいるでしょう」

「それはあまり」

高村与一郎は、情けなさそうに言った。

「いないの？」

「たぶん」

「だったら、音田に言いなさい。いっしょに来いと」

音田というのは、あの腰巾着で、同年代の息子がいるらしい。おそらく息子のほうも、身分の違いには従順なタチなのだろう。

「わかりました」

高村与一郎は、気が進まなそうに出て行った。

桃太郎は、ふと思った。

――ああいう妻女が、お貞の春画まで描くような仕事を知ったら、さぞ、腹立たしく思ったのではないか。

家に帰って来ると、ちょうど雨宮が鎌一といっしょに奉行所に向かうところだった。

「雨宮さん。ちと頼みがあるんだがな」

「なんでしょう」

「ま、歩きながらにしよう」

と、奉行所に向かって歩きながら、事情を説明した。

「ほう。そんな手口がありましたか。面白いですね」

「面白いが、子どもの将来を思うと、やはりやめさせたほうがいい」

「そりゃあ、立派な悪事ですからね」

「ここはわしが出しゃばるとかえってこじれたりしそうでな。町方の雨宮さんのほうから、ビシッと脅してもらったほうが、変な後腐れもないのではないかと思ってな」

「わかりました。じゃあ、さっそくやりましょう」

と、雨宮は向きを変えた。

「いいのかい、出仕の刻限のほうは？」

「なあに、立ち寄りということで、どうにでもなりますから」

それでずいぶん、遅刻もごまかしているのだろう。

雨宮は、そのまま福次郎の長屋に向かい、家でぐずぐずしていた福次郎を呼び出して、表通りのほうに連れ出して来た。

そのすぐ近くで、桃太郎が素知らぬ顔でやりとりを聞いている。

「おい、おめえ、悪い野郎だな」

と、雨宮は十手で肩を叩きながら、福次郎に言った。その後ろでは、鎌一が六尺棒に手油をこすりつけている。

二人の人柄を知らなければ、なかなか貫禄がにじみ出ている。

「なんでしょう？」

現に福次郎は、怯えた顔をしている。

「なんでしょうじゃねえ。訴えが出ているんだ。とある大店の手代から、脅されて金を巻き上げられたってな」

「え、そんな馬鹿な」

「どこの手代かわかりませんが、あっしは身の破滅を救ってやっただけで、脅してなんかいませんよ」

「なにが身の破滅を救うだ。おめえのやり口もわかってるんだぜ。子どもを使って、愚痴の聞き込みをさせ、さらに子どもにその愚痴の口真似をさせて、子どもを殴らせてから、見舞金というかたちで脅し取ってるだろうが」

「え？」

「しかも、それだけでは済まず、相手の店に押しかけ、もう一度、金を出させるんだ。ぜんぶ、お見通しだ。おめえはうまく考えたつもりかもしれねえが、子どもは傷つくことになるぜ」

「子どもが傷つく？」

「いまは意味がわからなくても、いずれおめえのしたことに気づくときがある。そのとき、自分のしたこともわかって、喜ぶと思うか？」

「そうですね。あい、すみません」

福次郎も、そこらは悩むところではあったのだろう。すぐに素直になった。

「これで、もうやらねえと約束するなら、おいらも考えねえでもねえ。おやじの手に縄がかかるところなんざ、子どもの見るもんじゃねえだろう。子どもの将来のために、やめといたほうがいいぜ」

雨宮はなかなかうまくやっていた。

桃太郎は、こじれたもう一方も解決してやらないといけない。子どもたちの揉めごとである。

かといって、桃太郎は表に出たくない。

さんざん考えた挙句、桃太郎は紙にさらさらと筆でなにか書き出した。

文面はこうだった。


せがれに、町人の子へ復讐させるのはやめたほうがいい。

もとは、あんたのせがれにある。

せがれが、前を歩いていた町人のかよわい子を、邪魔だと言って、蹴りつけたのだ。相手の子どもは怪我をしている。

これに憤(いきどお)った町人の子らが、仕返しのため、あんたのせがれを襲ったのだ。

これ以上、繰り返せば、恨みはだんだん深くなる。ここでやめておくべきだろう。

文句があるなら、わしが相手になる。

八丁堀の天狗より

これをもって、桃太郎は女武会の道場に向かった。

「キェーイ」

と、今日も甲高い掛け声が聞こえている。

桃太郎がのぞくと、ちょうど高村家の奥方が、薙刀で相手の小手を打ち、

「参りました」

と、言わせたところだった。

桃太郎は、高村家の奥方が壁際にもどるのを見計らって、丸めた紙を膝元に放った。

高村家の奥方は面を脱ごうとしているときだったので、どこから飛んで来たか、見当がつかない。だが、道場のなかからだろうと、凄い目で、睨み回した。

もちろん、ほかの奥方や新造たちは、なにゆえにあんな怖い顔で睨まれるのか見当がつかず、ひたすら目を逸らすばかりである。

だが、高村家の奥方はもう一度、桃太郎の文を読み、仕方ないというように、大きくため息をついた。これで、子どもの世界の復讐の連鎖も、終わってくれるはずだった。

八

翌朝――。

桃太郎は、遅めに起きて、洗顔を済ませると、気に入っている三日月柄の小紋の着物を着た。袴を穿くか、一瞬迷ったが、着流しに一本差しで、下ろしたばかりの桐の下駄をつっかけた。

それから、日本橋の魚河岸にあるなじみの飯屋に顔を出した。

「おや、旦那。今日はまた、なんとなく小粋(こいき)な佇まいですね」

「そんなことはないだろう」

「いやあ、いつもとなんとなく違いますよ」

「ふっふっふ」

あるじの言葉に気を良くした。

「今朝は、いいブリの刺身がありますが」

「生魚はやめておく。それを焼いてもらうか」

「そうですか」

あるじは、焼くのは勿体ないという顔をしたが、刺身だと、息が生臭くなるかもしれないのだ。今日はなにごともないだろうが、いちおう気をつけておくべきだろう。

それで茶碗に半分の飯をゆっくり食べ、出してくれた茶を口をゆすいだりしながらすすった。

「お出かけですか？」

「まあな」

「嬉しいことでもあるみたいですね」

そんなに顔に出ているのかと、いささか情けない思いもした。

魚河岸から向かったのは、駿河台下のおぎんの家である。

この前は、客のために、肝心の話は進展しなかった。だが、今日こそ話は大きく進むはずである。

はたして、願いを聞き届けて、旦那と妾としての付き合いが始まるのか。それ

とも、ここは自制するのか。桃太郎は自分の気持ちを、

——五分五分かな。

と、見ている。

それでも、こういうときめきが、この歳になると嬉しいものなのである。

おぎんの家の前に来た。

髪を撫でつけ、咳払いを一つして、

「ごめん」

と、声をかけた。

そのときである。突然、戸が開き、なかから男が慌てふためいて、飛び出して来た。

「うおっ」

桃太郎もさすがに驚き、後ろに飛びすさった。だが、男の顔を見ると、なんと朝比奈留三郎ではないか。

「留。お前、なんだってここにいるんだ？」

桃太郎が非難がましく言うと、朝比奈は震える声で言った。

「そんなことより、大変だ。おぎんが殺されている！」

第四章　帯切り屋

一

桃太郎は、昨日からなんとなく釈然(しゃくぜん)としない。

もしかしたら、生まれて初めて妾というものを持つのかと、大いに期待していたのだが、その相手の娘が殺されてしまったのである。

胸を一突きされていた。あれでは、声を上げることもできなかっただろう。

まだ身体に温もりが残っていた。つまり、殺されたばかりだったのだ。

おぎんは、殺されたお貞の友人だった。しかも、お貞同様の殺され方だった。

――同じ下手人なのか?

ただ、玄関の戸はそのままだった。お貞のときのように、心張棒がかかっていたりはしなかった。

最初に駆けつけた同心は雨宮ではなく、ほかの定町回りだった。

朝比奈が一通り、発見したときの状況を述べたあと、桃太郎は雨宮を呼んでくれと頼んだのだった。

雨宮は、なんでおいらがという不満と疑問を露わにしつつやって来たが、桃太郎が、おぎんと自分は昔からの知り合いで、しかもお貞とおぎんは友だち同士だったと明かすと、

「どういうことですか？」

と、訊いた。

「つまり、下手人がいっしょかもしれぬということだろうな」

そう言ってしまうと、桃太郎は本当にそうであるような気になってきた。

だが、証拠はまだなにもない。

「それは大変だ」

雨宮は、どうしたらいいかわからないという顔になった。

「なにが大変なのだ？」

「おぎん殺しは、最初に駆けつけた三谷佐馬之助（みたにさまのすけ）が担当するはずなのですが、下

手人がいっしょだと、わたしに担当が回ってきかねません」

「いいではないか。二人目の殺しだとするほうが、下手人は見つけやすいぞ。なにかしら共通することがあったり、手がかりも増えるわけだからな」

「それはそうですが、わたしはどうも複雑なことは苦手でして」

「そういうときは、紙に書きながら考えることだ」

「はあ」

首をかしげていたが、いまごろはちゃんと紙に書いて考えているだろうか。あいう男は、書けば書いたで、もっとわからなくなることもあり得るのだ。

桃太郎は、朝からそんなことを回想しながら、桃子を連れて歩いているうち、いつの間にか、卯右衛門のそば屋に来てしまっていた。桃子がまた、以前の家あたりを懐かしむみたいに、自然とこっちに足を向けがちなのだ。

「おや、愛坂さまに、桃子ちゃん」

卯右衛門が店の前にいて、声をかけてきた。

「おう、そろそろ昼か。桃子、このおじさんとこで、んまんま、食べるか？」

昔はいい歳こいたじいさんが、赤ちゃん言葉を使っているのを聞くと、気味が悪かったが、いまはむしろ使うのが嬉しいくらいである。さぞかし他人は、気持ち悪いことだろう。

「んまんま」

桃子がうなずいたので、なかに入ることにした。

「玉子とじうどんに、天ぷらの盛り合わせを頼む」

「そばはいいので？」

「うどんを桃子と半分にして食うのさ」

「わかりました。では、じいじ用のお椀も持ってきますね」

「………」

卯右衛門にしては、気の利いた冗談である。

できてきたうどんを、桃子に食べさせながら自分もすすっていると、

「糞っ、やられちまった。帯切り屋に」

と、肥った男が入って来た。

「え？　どこだい？」

卯右衛門が男の帯を見て、

「あ、ほんとだ。ずいぶん切られたね」

と、横のところを触った。

「ここんとこ、出てるとは聞いてたんだが、まさかおれがやられるとは思わなかったな」

「いい帯を締めてるから、狙われたんじゃないの？」

「たぶんな。これは博多帯なんだ」

「やっぱり」

「締めるときの音が好きで、愛用してたんだがな」

「でも、腹までやられなくて、よかったよ」

　と、卯右衛門は言った。

　桃太郎はちらっとだけ見たが、あとは関わらないようにしている。桃子にも、嫌な話は聞かせたくない。

「まったくだ。だが、死んだのはいないんだろ？」

「それはたまたまで、こんなことをやってたら、そのうち死ぬのも出てくるよ」

「だろうな」

「恨みってことはないのかね？」

　と、卯右衛門は眉根に皺を寄せて言った。

「恨み？」

「日本橋界隈だけなんだろ、出るのは」

「そうみたいだな」

「だったら、あのあたりで店でもやってつぶれたのが、悔しくて、いま、繁盛している店のあるじを狙って、シャーッと」

「おやじさん。嫌な話はなしだぜ」

男は顔をしかめた。

「思い当たることはあるんだ？」

「そりゃあ、日本橋で両替商をやってたら、恨まれることは数え切れねえよ」

「だろうなあ」

「用心棒でも雇いたくなってきたな」

桃太郎は男の話が気になり出してきた。まったく面識のない男だが、もしもおぎんがあんなことにならなければ、おそらくこの話に首を突っ込んでいただろう。

「用心棒ねえ」

と、卯右衛門が桃太郎を見た。

すると、桃子が、

「しいしい」

と言った。

「しいしい？」

なんのことかと思ったが、

「あ、しっこか」

と、慌てて外に連れ出し、店の裏手で裾をめくると、おしめをしている。これを取ろうとするが、それには、帯をほどかないとやりにくい。ところが、この帯がなかなかほどけない。ようやくほどけた瞬間、間に合わず、じゃーっ。

と、やられてしまった。

桃太郎は、手から袖までびしゃびしゃになるが、まったく汚いなんて思わない。

「まいったな。桃子にしいしいかけられたぞ。あっはっは」

「きゃっはっは」

と、二人で大笑いしてしまった。

二

さすがに袖を濡らしたままではいられないので、桃太郎が桃子といっしょに八丁堀までもどって来ると、家の前に、雨宮と又蔵、鎌一が立っていた。

「なんだ、いまごろなにをしている？」

桃太郎は訊いた。

「いまから、朝比奈さまの話を聞こうと思いましてね」

「朝比奈の話？」

「なんせ、おぎんの遺体を最初に見つけたのは、朝比奈さまですので」

「最初に見つけた……」

最初に見つけた人間を疑えというのは、この手の調べの鉄則なのだ。ということは、朝比奈に疑いがかかっているのか。

桃太郎は、なぜ、朝比奈があそこにいたか、当人にはまだ訊いていない。が、その理由はだいたい想像がつく。

それは、桃太郎の家のことを思って、おぎんに誘惑しないでくれと頼みに行ったからなのだ。朝比奈は、そういう心配をするやつなのである。

ただ、桃太郎としては、おぎんのことで、朝比奈に余計なことは言って欲しくない。

――わしが、いい歳こいて、若い妾を持とうとしたことを、雨宮や、ひいては珠子にまで知られたら、みっともないではないか……。

「結局、あんたが担当することになったのか?」

「そうなんですよ。弱ったもんです」

「逆だろう。手柄が倍になると喜ぶべきだな」

「いやあ、たぶん迷宮入りでしょう」

雨宮は情けないことを言って、又蔵と鎌一とともに、朝比奈の家に入って行った。

――まったく気合が入らない男だな。

と、呆れたが、あの気が抜けたところが、珠子に選ばれた理由の一つなのだろうから、長所と見てやるしかない。

桃太郎は、桃子を珠子に返すと、濡れた袖はそのままで、朝比奈宅の窓の下に張り付いた。こんなことなら、朝比奈と打ち合わせをしておくべきだった。

「朝比奈さまがおぎんの遺体を見つけたときの話を伺いたいのですが」

と、雨宮は始めた。

「それは、昨日、話したぞ。三谷佐馬之助という同心にな」

「ええ。三谷からは聞いています。おぎんは、刃物で胸を一突きされていましたが、朝比奈さまの刀には血などまったくついてなかったとも」

「それはそうだ」

「でも、洗って拭いておく余裕もあったかもしれないわけで」

「おい、わしを疑うのか」

朝比奈がムッとしたのがわかった。

雨宮も、もう少し訊きようがあるだろう。

「だいたい、朝比奈さまはなぜ、あのおぎんの家に行かれたのでしょうか？」

「それはだな。わしとおぎんは以前からの知り合いなのだ」

「朝比奈さまも？　愛坂さまもそうおっしゃってましたよ」

「それはわしが紹介したからだよ」

「なるほど」

このやりとりに、桃太郎は頭を抱えた。朝比奈は友人の下心を隠してやろうとして、変に隠しだてをしようとしているのだ。そこは、本当のことを言ったほうが、話の辻褄(つじつま)は合うはずなのだ。

「目付をやめる少し前のことだが、清水孝三郎(しみずこうざぶろう)という旗本が、穴を掘っていて、生き埋めになるということがあってな」

そんな余計なことまでは言わなくてもいいのである。

「穴を掘って生き埋めに？　なんですか、それは？」

と、雨宮は訊いた。

「うむ。清水には、妾がいてな、その妾にひそかに会いに行くため、穴を掘っていたというわけなのさ」

「まさか、その妾が？」

「おぎんなのさ。ところが、じつは、その穴はおぎんに会うためではなくてな」

おいおい、そこまで話すのかと、桃太郎は内心呆れている。そんなことは省略しないと、話がわからなくなるだけだろう。まして、相手は複雑な事態に頭がこんがらかるという雨宮先生なのだ。

「なんなのです？」

「隣の家の庭にあった石仏(せきぶつ)を盗もうとしていたのさ」

「そうだったので」

「それで、このあいだ、偶然、そのおぎんと再会したわけさ」

「なるほど」

「おぎんはわしのことを覚えていてな。久しぶりと、家にも上げてくれたよ」

「ははあ」

「それで、すっかり話が合ってな、また来てくれとなったわけさ。たぶん、わしに気があったのだろうな」

もしかして本気か、と桃太郎はちらりと思った。

「なるほど。でも、変ですね」

「なにが変だ？」

「朝比奈さまのあとから、愛坂さまもおぎんの家を訪ねましたよね？　あれはなぜなんです？」

「ああ、それか。あっはっは」

朝比奈は、わけのわからない笑い声を上げた。あれは嘘の苦手な朝比奈が、一生懸命なにか言い訳を考えているのだ。

「それはだな。わしが桃を誘っていたからなんだ。なんせ、若い娘と二人きりになったりすると、話の間がもたなくなるのでな」

「ああ、なるほど」

「それと、さっきの刀の話だがな。血脂というのは、かんたんに拭えるものではないぞ。水で洗っても脂はなかなか落ちぬし、そういうときは砥ぎに出さぬと駄目なくらいだ。まあ、そなたも町方の同心なら、人を斬ったことくらいはあるだろうが」

「滅相もない。わたしは人を斬ったこともなければ、ほとんど刀を抜いたこともないくらいで」

「そうなのか」

朝比奈もこれには驚いたらしい。

だが、雨宮はある種の達人なのかもしれない。

「いや、わたしも朝比奈さまを疑ったわけではないのです。ただ、いちおうの話は聞いておきませんと、例繰方のほうからうるさく言われますもので」

「なるほどな」

「では、まあ、そういうことで」

話はこれで終わるらしい。

桃太郎は、殺される三日ほど前に、おぎんの家に客があったことや、そのときのようすが、いま思うになにかおかしかったこととかを、まだ雨宮に話していないのである。

それが、朝比奈の証言で、いまさら言いにくくなってしまった。

これで、じつは……となれば、明らかにおぎんと桃太郎の仲が疑われるに違いない。

――では、どうしたらいいか？

この事件に首を突っ込み、すべて解決してしまえばいいのだろうが、それでは桃子の義父である男の立つ瀬がないだろう。

――弱ったな。

桃太郎は、窓の下で頭を掻きむしった。

雨宮たちが帰るらしいので、桃太郎は急いで裏のほうから自分の家へ引き返した。

それから、表の戸を開けると外へ出て、

「よう、朝比奈の取り調べは終わったのかい？」

と、声をかけた。

「取り調べだなんて、滅相もない。朝比奈さまのことは、端からこれっぽっちも疑ってはいませんから」

「そんなんじゃ駄目だろうが。殺しの調べは、あらゆる人間を疑うべきだ。そういえば、わしだって、おぎんのところを訪ねているのだぞ。わしも疑ってはどうだ？」

「いや、もう、勘弁してください。愛坂さまがあそこに行ったわけは、朝比奈さまから伺っていますから」

どうやら、あの話を信じたらしい。

「それより、このクソ忙しいときに、日本橋界隈では、帯切り屋というのが出ましてね。もう、うんざりですよ」

「帯切り屋？」

先ほど卯右衛門のそば屋で言っていた話ではないか。

「通りすがりに帯だけ切って、逃げるんです。まれに、かすり傷を負わせることはあっても、狙いは帯だけです。いったい、なんのためにそんなことをするのか？　大方、頭がおかしいのでしょうが」

「まあ、尋常ではなかろうが、なにか訳はあるのかもしれぬな」

「それがわかれば、捕まえられるのでしょうが」

「わしもさっき、やられたという男に会ったぞ」

「そうですか」

「どれくらいやられてるんだ？」

「やられた者がすべて訴えているかどうかはわからないんですが、十日ほど前から始まって、いまのところ五十三人ですか」

「かなりの数だな。それでも、下手人を見た者はいないのか？」

「それらしい男を見たという者もいるんですが、なにせ痛みがあるわけではないので、気づいたときはどこかに行ってしまっているわけです」

「なるほど」

「じつは、帯切り屋は三年ほど前にも出てましてね」

「そうなのか」

「ずいぶんやられました。正確な数は忘れましたが、七十人ほどは切られたはずです」

「そのときも下手人は？」

「捕まりませんでした」

「担当は？」

「それもおいらでした」

「それはそれは」

やる側も、担当は雨宮になるとわかっているのではないか。

「お貞殺しに、おぎん殺し。加えて、二度目の帯切り屋。どっちも下手人が挙がらずじまいだったら、おいらの立場はないですよ」

と、さすがに雨宮も情けない顔をしている。

これでも桃子の義父なのである。少しは手柄を立てさせないと、珠子だって、八丁堀の通りを歩きにくいだろう。

「わかった。とりあえず、その帯切り屋のほうは、わしが手伝おう」

桃太郎がそう言うと、雨宮の顔はパッと明るくなった。

三

「だが、調べを進めるにしても、警戒のほうまでは手伝えぬぞ」

と、桃太郎は言った。

「それは大丈夫です。あのあたりを縄張りにしている岡っ引き三人に声をかけ、下っ引きも使って巡回させていますので」

「そうか。この手の悪事というのは、悪戯心でやるやつが多い。その場合は、切ったあと、近くにいて、ニヤニヤ喜んだりしているものだ。そこらを頭に入れておくよう言っておいてくれ」

　桃太郎がそう言うと、

「さすがですね」

　雨宮は感心した。

「なにが？」

「じつは、その点はお奉行からも直々に言われていまして、岡っ引きたちもそこは徹底して注意しているんです」

「だが、見つからないのか」

「ええ。なので、おそらく悪戯という線はないのではないかと」

「そうか。それと、じっさいに切られた者の話も聞いてみたいな。この近くに住む者を何人か教えてもらえんか？」

「いいですよ。おい、又蔵」

又蔵は、懐から手帖を取り出して、日本橋界隈に住む者を三人選んで、覚書を渡してくれた。豆腐屋上がりの又蔵のほうが、よほど気が利くようになっている。そのうち、又蔵が同心になって、雨宮は岡っ引きになったほうがいいかもしれない。

最初に訪ねたのは、小船町に住む、梅川菊次郎という若い役者だった。梅と菊とは、季節感がおかしくなった名前だと思ったが、当人の顔も、どこか一体感に乏しくて、眉は薄いのに、髭剃り跡は青々として、目はやけに大きいが、おちょぼ口という、奇妙な顔立ちだった。それでも、当人は、自分は二枚目だと思っているらしく、話の途中で、しきりに見得を切るみたいな顔をした。

「帯切り屋のことを訊きたいのだがな」

「ああ、どうぞ」

「切られたときのことは覚えているかい?」

「あのときは、ご贔屓をたまわっている室町の料亭の女将に昼飯をごちそうになった帰りでした。たぶん、女将と別れて、高砂新道に入ったときではないかと。ちょうど人が大勢、混み合っていましてね」

「それは目立つ帯だったのかな？」

「その女将さんからもらった帯でしてね。紹の名古屋帯ですよ」

卯右衛門のそば屋にいた男も、博多帯だと言っていた。ということは、下手人はやはり、いいものばかりを選んでいるのかもしれない。

「高いのだろうな」

「そう思います。あたしももらったものですので、はっきりした値段は知りませんが、まあ、一両じゃ足りないでしょう」

「そんな帯をしてたら、恰好の的だわな。帯切り屋の噂は知っていたのだろう？」

「もちろんです。出たら、この手で捕まえてやろうとも思ってましたよ」

「ほう」

「こう、捕まえましてね。やいやいやいやいやい。おいらを誰だと心得るってね」

どう見ても、帯切り屋どころか、カミキリムシも捕まえられそうになかった。

次に訪ねたのは、青物町の裏店の、日本橋に近いわりにはずいぶんと粗末な長屋で、切られたのも棒手振りの女房のおはつという女だった。

「帯切り屋のことを訊きたいのだがな」

「ああ、はい」

「切られた帯は取ってあるかい？」

「取ってあるもなにも、帯はこれ一本きりですから」

と、いま締めている帯を指差した。

「縫ったのか？」

「ええ。これを内側のほうに巻けば、わからないでしょ」

「なるほど」

見れば、かなり擦り切れたところもある。いい帯を狙っていると思っていたが、なんでわざわざこんな帯を切ったのか。放っておいても、そのうち自然に千切れてしまいそうな帯なのである。どうも、下手人の考えが見えてこない。

「切られたときのことは覚えているかい？」

「奉公している店で、晩ごはんの支度を終え、ここに帰る途中だったたと思います。もう暗くなりかけていて、男の人とすれ違ったとき、シャーッという音がしたんです。どうしたんだろうと思って、帯を見たら、切られていました」

「すぐに帯切り屋だと騒がなかったのか？」

「そんなのがいるとは知らなかったんです。知っていても、まさか、あたしの帯なんか狙わないだろうって。だから、騒ぐより、帰ってつくろわなくちゃと思ったんです」

「でも、町方には届けたんだろ？」

「ええ。うちの人に話したら、それは届けるべきだって言うもんですから」

「そうか。すまなかったな」

「捕まったら、弁償してもらえそうですか？」

「ううむ。難しいだろうな」

桃太郎は、詫びるように言った。


最後に訊いたのは、音羽町（おとわちょう）に住む、書物問屋の手代の藤吉（とうきち）だった。

「帯切り屋のことを訊きたいのだがな」

「町方の旦那で？」

「うむ。わしは同心が忙しいというので、手伝いをしてる者でな」

「町方を手伝うお武家さまというのも珍しいですね。なにか、捕まるようなことをなさったので？」

「わしはそんなことはせぬ」

「でも、立派なお武家さまは、町方同心の手伝いなどしないでしょう」

書物問屋に勤めているせいか、やたらと理屈っぽい。

「その同心は、わしの義理の倅なのだ」

「そういうことでしたか。どうぞ、なんでも」

「切られた帯はどんなものだった」

「気に入っているものでした。滝沢馬琴の『南総里見八犬伝』のなかで、犬塚信乃が締めていた帯とそっくりでして、ずいぶん探したのですよ。あれを切られるなんて、犬塚信乃が斬られたような思いですよ」

「……」

そんなことは切ったほうも、まったく考えていなかっただろう。

「切られたのは、注文のあった品を橋の向こうの山本山の旦那に届けようとしたときなんですが、急に帯がほどけ出しましてね。ハラハラッと」

「それは困ったな」

「困ったなんてもんじゃありません。着物ははだけるし、本は新品で山本山の旦那に届けるものですから、落としてはいけない。しかも、ちょうどその日は、洗ったふんどしが乾いてなくて、ふんどしを締めてなかったもので、大事なところが丸見えですよ。いやあ、恥ずかしいの、嬉しいので……」

桃太郎は、その先は聞かずに退散した。どうも、本を読み過ぎて、ちょっとおかしくなっているらしかった。

四

三人の話を聞いて、桃太郎がまず疑ったのは、帯を売る店である。

帯を切られたら、替えを買わざるを得ない。

売上を増やすため、帯を売る店の手代あたりがやらかしているのではないか。

そこで、日本橋周辺を見て回ることにした。

ところが、桃太郎は自分で買い物をすることはほとんどないのでわからなかったが、帯だけを売っている店が見当たらないのである。

通一丁目を眺めても、目立つのは畳表の問屋と書物問屋で、帯屋など一軒もない。

「おかしいな」

と、桃太郎は往来で首をかしげた。

すると、横から、

「愛坂さま」

と、声がかかった。

「よう」

なんと、蟹丸がいるではないか。

芸者のときのように着飾ってはいないが、相変わらず可愛い顔立ちをしている。岡っ引きのおかみさんには勿体ないくらいだが、幸せそうにしているので、そういうことは言えない。

「こんなところで、なに、ぼんやり立っているのですか？」

「じつは、帯屋を探していたのだ」

「帯屋？」

「帯切り屋が出ているのは知っているか？」

「ええ。又蔵さんから聞いています」

「もしかしたら、帯切り屋の正体は、帯屋ではないかと睨んだのさ。切って、新しい帯を買わせようという魂胆でな。ところが、こうして見たら、帯屋がないではないか」

「帯だけ売っている店なんて、あたしも知りませんよ」

「では、帯はどこで買う？」

「呉服屋で買いますけど」

「あ、そうか」

「帯は着物に合わせて締めますから、どうしても着物といっしょに売っているんですよ」

「それはそうだな。呉服屋となると、こっちに白木屋（しろきや）、向こうに渡れば越後屋（えちごや）が」

どちらも江戸屈指の大店である。

「なにか、お手伝いできることがあれば」

「いや、もう大丈夫だ」

蟹丸も忙しいのである。現に、持っている買い物かごには、野菜がいっぱい入っている。

「これからは豆腐だけでなく、総菜も売ろうかなと思って、いま、いろいろ試しているんです。今度、又蔵さんに持って行かせます」

「すまんな。帯切り屋には遭ってないか？」

「大丈夫みたいです」

蟹丸は笑って、帰って行った。

「そうか、呉服屋か」

改めて、一丁目の白木屋を見た。

一丁目は、畳表の近江屋と、書物問屋の須原屋が目立つが、それでも白木屋にはかなわない。

そういえば、白木屋の算盤珠模様の三尺帯は有名だったと思い出した。その帯が、とくに帯切り屋に狙われたという話は聞いていない。

ということは、白木屋に下手人はいないだろう。

だいたいが、これだけ流行っていたら、くだらぬ悪事をしてまで客を増やしたいとは思わないだろう。

つづいて、日本橋を北に渡った。

もちろん、帯切り屋には気をつけている。帯切り屋を追っていて、自分も切られたりしたら、みっともないこと、この上ない。

越後屋の前に来た。こちらは、白木屋をさらに上回る繁盛ぶりである。これ以上、客を増やそうとしたら、手代たちが憤慨するくらいである。

それに、あの長屋の女房などは、切られてもああして縫って使っているし、こんな日本橋の表通りの店で、新しい帯など買うわけがないのである。

呉服屋下手人説は、自ら却下することにした。


とりあえず坂本町のほうにもどろうとしたとき、日本橋と江戸橋のあいだあたりに、

「出てるよ、出てるよ。帯切り屋が今日も出ているよ」

というしゃがれた声がした。

見ると、瓦版屋ができたばかりの瓦版を売っている。どうやら帯切り屋についての書いてあるらしい。

どんなことが書いてあるのかと、興味も湧いてしまう。

「いくらだ？」

「七文です」

一枚摺りにしては高いが、つい買ってしまう。

「どれどれ」

ざっと目を通すが、そうたいしたことは書いていない。

が、じっさい、切られた男の話も載っていて、その男は、

「おれもかなり気をつけていたつもりなのに、日本橋の上でやられたみたいだ。かなりの腕前だな。ただ、不思議なのは、巾着も持っていたのに、そっちは無事なんだ。なんで、巾着は狙わずに帯だけ切ったのか、不思議だよな」

と語っている。

確かに、帯切りは巾着切りより不思議である。

その不思議さのせいなのか、瓦版は飛ぶように売れていた。

五

海賊橋を渡って、卯右衛門のそば屋の前に来ると、あの帯切りに遭ったという両替屋がまた来ていて、今度は切られた帯を取り替えている。

「いま、愛坂さまの凄い話をいろいろ伺っていたところですよ」

両替屋は嬉しそうに言った。

「ま、話半分と思ってくれたほうがよいぞ」

「いえいえ」

「それより、それもかなりいい帯みたいだな？」

桃太郎が指を差すと、両替屋はパンと帯を叩いて、

「これも博多帯です。一度、これを締めたら、もうほかの帯はかったるくて締める気になれませんよ。もっとも、だから、狙われたのでしょうけどね」

ほとんど自慢話である。

「ところが、高級な帯ばかり狙われたというわけではないのさ」

「そうなので？」

「青物町の裏店のおかみさんの帯は、かなりくたびれたやつだったぞ。切られたあとも、そこを縫い付けて、裏返しにして使いつづけているくらいだ」

「そうでしたか」

両替屋はがっかりしたように言った。

「愛坂さま」

と、卯右衛門が鼻の穴をふくらませて言った。

こういうときは、なにか妙案を思いついたのだ。

「なんだ？」

「あっしは、あのあと、いろいろ考えましてね」

「ほう」

「わかりました。下手人の正体が」

「誰だ？」

「呉服屋の手代です」

「呉服屋というと？」

「日本橋で呉服屋といえば、越後屋か白木屋でしょう」

「なんで、その手代が？」

桃太郎は内心、卯右衛門と同じことを考えたのかとがっかりしてしまった。

「このところ、帯の製法が良くなりましてね」

「そうなのか？」

それは知らなかった。

「帯がなかなか痛まないのですよ。それで、帯の売上ががくっと落ちましてね、これは困ると、越後屋と白木屋が結託して、あんな帯切りをやらせているんですよ」

「ううむ」

卯右衛門が言うと、俄然、説得力を増している。やはり、この線はもう一度、

探るべきなのか。桃太郎がそう思ったとき、

「おい、卯右衛門さん。帯の製法がよくなったって、ほんとか、それは？」

と、両替屋が訊いた。

「いや、そうじゃないかと思ったんだ」

「おれが聞いたのは、どうもこの数年、木綿（もめん）の質が落ちて、帯の質が悪くなったって話だぜ。だから、博多帯とかいいものが売れるって」

「そうなのかい」

桃太郎も内心、ホッとして、

「おいおい、そういうでたらめの推測は困るぞ。だいたい、越後屋と白木屋という仇同士が結託するか」

「しませんね」

「しかも、どっちも大繁盛している。いまさら、そんな危ないことをして、替えの帯を買う客を増やそうなどとは思わないな」

桃太郎は、今度こそ、その説をきっぱりと否定した。

「では、帯切り屋の狙いはなんなのです？」

と、卯右衛門が訊いた。

「だから、おれはあのあたりで商売をしくじったやつが、仕返しをしてるんじゃないかと思うわけさ」

両替屋が言ったが、桃太郎は、

「だったら、そんなまどろっこしいことはやらんだろう」

と、笑って否定した。

「そうか、火付けでもしますか」

「そのほうが手っ取り早いわな」

「なるほど」

両替屋は素直に怨恨説を撤回し、

「となると、ほかにどんな理由があるんですかね?」

「帯を千本切ると、願いが叶うとか?」

「願掛け説か。だが、違うだろうな」

と、卯右衛門が言った。

「そうなので?」

「帯切り屋は、三年前にも出た」

「ああ、出ましたね」

「あのときは、名乗り出たのは七十人くらいだったそうだ」

「七十人？」

「きりが悪いだろう？」

「今回は？」

「いまのところ、五十三人出ているそうだ」

「というと、合計しても百二十三人。なるほどきりが悪いですね」

「それに、帯を奉納するわけでもなく、切りっぱなしだ。そんなやり方では、神仏は願いを聞き届けるはずはなかろう」

「とすると、ただの悪戯ですか？」

　と、卯右衛門が言った。

「この手の悪事はそれがいちばん考えられるわな。おそらく奉行所もそこがいちばん臭いと考え、張り込みもさせているはずだ。帯切りがあったあと、近くでニヤニヤしているやつはいないかどうかをな」

「なるほど」

「だが、まだ捕まっていないということは、おそらく悪戯でもないのだろうな」

「あと、ほかになにかありますかね？」

卯右衛門が首をかしげた。

「あるいは、帯に恨みでもあるかだな」

と、桃太郎は言った。

「帯に恨みってなんですか、それは？」

「たとえば、惚れた相手といたときに、急にしたくなった」

「大のほうですか、小のほうですか」

「そんなものはどっちでもよい。とにかく、慌てて厠に駆け込んだ。ところが、帯がきつく締まり過ぎていて、なかなかほどけない」

「ああ、そういう生地はありますね」

「そうだろ。わしもこのあいだ、桃子の帯がきつ過ぎて、なかなかほどくことができず、間に合わなかったのだ。これが桃子だからよいが、惚れた相手といっしょのとき、粗相でもしてみろ。相手は、百年の恋もいっぺんに冷めてしまう」

体験から思いついた説である。

「となると、帯を恨みますね」

「そうだろう」

「でも、帯に恨みを持つやつを捜すとなると、大変ですね」

「……………」

確かにそうである。いちいち訊いて回るわけにもいかない。こういうのは、捕まえたあとでわかる類のものである。

帯への怨恨説も、自ら取り下げることにした。

四人も話を聞くと、桃太郎は疲れてしまい、家にもどって桃子を連れ出し、散策することにした。桃子と遊ぶと、疲れも癒える気がするから不思議である。

「不思議だなあ」

と、口にすると、桃子が真似をして、

「ふしにらなあ」

と、言った。その言い方があまりに可愛くて、

「うん、ふしにらなあ」

と、桃太郎が真似をすると、

「ふしぎだな」

桃子は、やけにはっきりと、まるでほんとに不思議がっているみたいに言った。

「え？」

桃太郎は思わず、桃子の顔を見た。こうやって、子どもは、大人を驚かせながら、どんどん成長していくのだろう。

いい気分になったと思ったが、前方から来る二人連れを見て、桃太郎は角を曲がりたくなった。二人というのは、女武会の高村の奥方と、音田の新造だった。

たぶん、向こうも同じ気持ちだろうと思いきや、

「あら、雨宮さんとこの桃子ちゃんとおじいさま」

と、高村の奥方が、やけに明るい調子で声をかけてきた。

「ああ、これはどうも」

桃太郎も、変に不愛想にして、珠子たちの居心地を悪くするほど、狭量ではないつもりなので、半分程度の笑顔を見せた。まさか、〈八丁堀の天狗〉がこんな爺いだとは、高村の奥方も思っていないだろう。

「桃子ちゃん、足がしっかりしてますのね」

と、高村の奥方が言った。

「そうですかね」

「満で言ったら、幾つ？」

「一歳と三カ月ほどですかな」

「それでこんなにしっかりしてるんだもの。楽しみですこと」

「楽しみ？」

「武芸ですよ。八丁堀の女なら、やはり武芸のたしなみは必要でしょ」

「いや、まあ」

桃子はどうしたって、武芸よりは音曲のほうに行ってしまうだろう。

「道場にお連れしてみて」

高村の奥方は、真面目な顔で言った。

「は？」

「この歳から、武芸に親しませるの。小さな子ども用の薙刀も、いま、つくらせてますから、それを玩具がわりに与えましょう。強くなりますわよ」

「あっはっは。ま、それはおいおい」

適当なことを言って、桃太郎は歩き出した。

こんな赤ん坊のうちから、武芸を習わせるなど、どうかしているのではないかと、桃太郎は内心で呆れ返っていた。

六

　昨夜、雨宮の帰宅はかなり遅かったらしい。翌日になって、桃太郎は雨宮が奉行所に出るところを引き止め、

「昨日は、帯切り屋は出たのか？」

　と、訊いてみた。

「出たそうです。訴え出たのが、四人です。もしかしたら、騒ぎにしたくない女将さんや、お嬢さまもいるかもしれないので、切られたのはもっと多いかもしれません」

「見張っていなかったのか？」

「いましたよ。呉服町の喜団次という岡っ引きと子分四人が、一日中、日本橋界隈を警戒していたんです」

　喜団次は、面識がある。なかなか気のいい男で、又蔵がずいぶん世話になっているらしい。呉服町というのは、大通りの西側一帯にあたり、日本橋からもすぐのところである。

「それでもやられたのか？」

「ええ。それで、あまりの手口の鮮やかさに、喜団次は巾着切りを疑いましてね。かつて日本橋界隈を縄張りにしていた、つばくろ清七という男が気になると言い出しているんです」

「巾着切り？」

「ええ。目にも留まらぬ速さで相手の懐を切り、巾着を盗み出したという野郎でしてね」

「いくつだ？」

「いまは四十くらいです。日本橋界隈で仕事をしていたのは、まだ二十代のころみたいです」

「捕まったのか？」

「それが、睨まれたとわかると、上方に逃げましてね。十年ほどもどって来なかったんです。しかも、もどったときは、かなりの金を持っていて、それを元手に通一丁目の新道に今川焼きの店を始めましてね。その今川焼が、つばくろ焼きというんです」

「つばくろ焼き？　もしかして、つばめのかたちをしているやつか？」

「そうです。愛坂さまも食べたことが？」

「わしはないが」

千賀が食べているのは見たことがある。

「それで、問い詰めたのか？」

「問い詰めても白状する男じゃありません。それで、今日からべったり清七を見張ると言ってました」

「ふうむ」

巾着切りと帯切りはあまりつながらない気はするが、それでも桃太郎は昼近くなって、そのつばくろ焼きというのを見に行ってみた。

店は、一間半程度の間口だが、確かに繁盛していた。見た目が可愛らしいので、女子どもにたいそうな人気である。しかも、弟子らしき男が焼いていて、清七は裏のほうでもっぱら餡子をつくったり、粉をといたりしているらしい。

それから周囲を見て回ると、岡っ引きの喜団次は、新道の入り口のところにいた。

「よう」

「あ、愛坂さま。雨宮の旦那から聞きました。お手伝いいただいているそうで？」

「役に立つかどうかはわからんがな。それで、どうだ、清七は？」

「ええ。清七は、焼くのはほとんどやってないので、餡子と粉をといたやつをつくっちまうと、あとは暇みたいです」

「じゃあ、出かけたりもするのか？」

「飯は外に食いに行っているみたいです」

日本橋は、ここからすぐで、飯のついでに帯を切って回るのは、できないことではないだろう。

「だが、あんたはなんで、つばくろ清七を疑ったんだ？」

と、桃太郎は訊いた。

「じつはあっしも忘れていたんですが、あっしの友だちが、つばくろ清七だったら、やれるかもと、ちらっと言いましてね、なるほど、あいつならやれると」

「でも、帯なんか切っても、つばくろ焼の儲けにはつながらないだろう？」

「ただ、あそこまで腕に自信のあったやつは、腕の衰えを恐れるものなんですよ」

「そうなのか」

「それで、衰えを防ぐため、たまに町に出ては、帯を切ってるんじゃねえかと」

「ふうむ」

それでも桃太郎はなにかしっくりこない。

「お、愛坂さま。出て来ましたよ」

と、喜団次が言った。

清七は、飯に出るらしい。

「じゃあ、見張りの邪魔をするとまずいだろうから、わしはそこで昼飯でも食うよ」

桃太郎はそう言って、すぐわきの一膳飯屋に入った。

ところが、驚いたことに、その店に清七が入って来て、同じ縁台に座ったではないか。

もちろん桃太郎は、しらばくれて飯を食っている。まさか、飯を食いながら、帯切りはしないだろうし、入口のあたりでは下っ引きらしい若者が、こっちを見張っている。

飯は、おおぶりのイワシを煮つけたものに、冷ややっこも付いている。桃太郎は、飯を半分にしてもらった。

イワシの骨に気をつけながら食べているうち、妙なことに気づいた。清七が、イワシを食べるしぐさが、どことなくぎこちないのだ。

桃太郎が先に食べ終え、

「つばくろ焼きはうまいな」

さりげない調子で言った。

「これはどうも」

「わしの妻が、医者から甘いものは控えるように言われているのに、それでもつばくろ焼きは買ってきてしまうよ」

「それは、どうも、あいすみません」

「あれだけの数を焼くのは大変だろうな」

「そうなんですが、あっしは材料の手配をするだけで、焼きのほうはやらねえんですよ」

「あるじなのに？」

「じつは、大坂にいるとき、ちっと手を怪我しましてね」

清七はそう言って、腕をまくった。

「ほう」

かなりの刀傷である。おそらく、掏（す）ったはいいが、腕の立つ武士に斬られたりしたのではないか。

「以来、手わざを使う商いはやめて、もっぱら頭を使うことにしましてね」

「なるほど。だが、あれだけ繁盛してれば立派なものだ」

「ありがとうございます」

桃太郎は席を立った。

帯切りの下手人が、つばくろ清七でないことは明らかだった。

七

それから夕方近くまで、桃太郎は日本橋界隈を歩き回った。運が良ければ、帯切りの現場に遭遇するかもしれないと期待したが、結局、見つけることはできなかった。

暮れ六つ前に八丁堀の家にもどると、疲れて横になった。

桃子をちょっとだけかまおうかと思ったが、遊び疲れて寝てしまったという。

もはやほとんどお手上げである。

こんな騒ぎのもとは、かんたんに見つけられるつもりだった。これなら、お貞殺しとおぎん殺しを探ったほうが、成果も上がったのではないか。

——だいたい、なんなんだ、帯切り屋とは？

と、思ったとき、胸のあたりになにか引っかかったような気がした。

帯切り屋という言い方がおかしい。

巾着切りだの人斬りだのというが、屋はつけない。

——ということは、商売をしているやつ？

そうかもしれない。が、それだけではない。

悪戯でもなければ復讐でもない。これは、金儲けのためにやっている。それを知っているからこそ、帯切りを帯切り屋と呼んだのではないか。

——帯切り屋と、最初に呼んだのは誰だ？

桃太郎は飛び起きて、家を出ると、海賊橋に向かった。そろそろ雨宮が帰って来る刻限だが、あいつらは帰り道が少し遠回りになっても、かならず海賊橋を渡って来るのである。

桃太郎は海賊橋まで来ると、橋の上で立ち止まった。

初夏の風が心地良い。

思えば、八丁堀の雨宮の家に来てから、やたらと忙しい日々がつづいている。

もう少し、桃子とのんびりしたいが、しかし、桃子のためには雨宮を手伝ってやらないといけない。

「弱ったものよ」

そうつぶやいたとき、向こうから雨宮たちがやって来た。又蔵も、ここで別れるらしく、いっしょである。

「おや、愛坂さま」

「待ってたんだ、あんたたちを」

「なんです？」

「帯切り屋だがな、なんで屋なんだ？　帯切りでいいだろうよ」

「それは……言われてみれば、変ですね」

「三年前も帯切り屋か？」

「ええ。帯切り屋でした」

「誰が言い出したんだ？」

「誰が言い出したんですかね」

「あんた、担当だったんだろうが」

「それはそうです」

「思い出してくれ」

「帯切りと帯切り屋ではそんなに違いますかね」

「まったく違うよ」

「ちょっと待ってください。ううん。そんなこと、気にしたことがなかったなあ」

雨宮は欄干(らんかん)に頭を載せて考え込んだ。

そのわきで、又蔵も腕組みして考え込み、

「三年前は、あっしは豆腐屋でしたからねえ」

と、言い訳みたいなことを言った。

――これは駄目だな。

と、諦めかけたとき、

「瓦版ですよ」

鎌一がポツリと言った。

「え？」

「最初に帯切り屋と言い出したのは、瓦版屋でした」

「三年前だぞ」

と、桃太郎は言った。

そのころ、鎌一は猿回しをしていたはずである。

「ええ。あっしはそのころ猿回しをしていたんですが、あんまり流行らないので、猿に瓦版を売らせてみようかと思いついたことがあったんです。それで瓦版を買ってみたんですが、ちょうどそれに『帯切り屋現る』って記事が書いてありましたよ」

鎌一の言葉で、桃太郎の頭のなかの霧がどんどん消えていくような気がした。

「ここらで、帯切り屋のことを書いた瓦版を売っている男がいるよな」

と、桃太郎は訊いた。

「ああ、あいつは、むかし岡っ引きをしていた亀八というやつですよ。伝手を活かして、なにか起きたときはおいらたちからいろいろ訊いて回っているやつです」

「売上は伸びるな」

「ああ、帯切り屋の話を書けば、売れるでしょうね」

「ちょっと、喜団次に確かめたいことがある」

そう言って、桃太郎は呉服町に向かった。

「喜団次親分の家はそこです」

又蔵が案内した。

桃太郎が顔を出すと、

「これは、愛坂さま。おや、雨宮の旦那も」

「それより訊きたいことがある。あんたに、つばくろ清七のことを教えたのは、誰だ？」

「それは、瓦版屋をしている亀八って男ですよ」

それだけ聞いて、桃太郎は踵を返した。

「亀八の家はわかるか？」

「知ってます。魚河岸の端っこにあります」

と、又蔵が言った。

「やはり、亀八が帯切り屋ですか？」

歩きながら雨宮が聞いた。

「ああ。元岡っ引きなら、見張っているやつの顔だってわかっているだろう。捕まえられるわけがあるまい」

「ほんとだ」

「わしが問い詰める。あんたたちは、入口のところで睨みを利かしてくれ。もちろん、捕縛のときはあんたたちにまかせるし、手柄もあんたたちのものだ」

桃太郎がそう言うと、雨宮は、

「ごっつぁんです」

と、言った。

この素直さは、何物にも代えがたい。

桃太郎は、亀八の家の戸を開けると、黙って上がり口に座った。

亀八は畳敷のほうに座って、どうやら瓦版の記事を書いている途中らしかった。

打ち合わせどおり、雨宮たちはなかには入らず、入口のところで立っている。

「あんた、なんでまた、岡っ引きから瓦版屋になったのだ?」

桃太郎はいきなり訊いた。

しかも、からめ手からの問いである。

目付のころから、この手はときどき使っていた。

「は?」

亀八は、なんだ、この人は？　という顔をした。

「岡っ引きから瓦版屋になったんだろう？　なんでだ？」

桃太郎は重ねて訊いた。

「それは儲かるだろうと思ったからですよ」

「儲かるのかね」

「ほかの瓦版を出し抜いて、いい記事を書けば、かならず売れますよ。あっしは、町方の旦那だの、岡っ引き仲間だのにも顔が利く。つまり、ほかよりいいネタを仕入れることができるってわけでさあ」

「なるほど。でも、同心に訊いたら、もともと贔屓にしたり、仲良くしている瓦版屋がいたりするので、岡っ引き上がりの瓦版屋だからといって、格別、いいネタを教えるってことはないと言ってたぜ」

それは、じっさいにここへ来るまで、雨宮に聞いたことである。

「そうなんですか」

「思ったより、売れなかったんだろう？」

「それは……」

「売れないし、いいネタも入らない。だったら、自分でネタをつくればいい。そこで帯切り屋が誕生した」

「なんでまた、そんな言いがかりを？」

「帯切り屋って言い方が変だと思ったのさ。それは、帯切りが悪戯とか復讐とかでなく、金儲けのためだというのをわかっているやつが言うことだと思ったのさ」

「……」

「それで、訊いてみたら、最初にその言葉を使ったのは、あんただって言うじゃないか。そこから、あんたに辿り着いたってわけだよ」

亀八がぴくりと動いた。

机の上に、変わった刃物があった。

「動くなよ。いまから、刃物を捜すのだ。それは、刃のところをほんの少しだけ出るように工夫されているはずだ。それだと、帯だけ切って、怪我をさせることはない。怪我をさせなければ、気づくのも遅いし、あんたも返り血を浴びることはない。それが見つかったら、立派な証拠の品だぞ」

「ううっ」

追い詰められた亀八は、入口に立っている雨宮を見て、

「旦那。誰なんです、この人は？」

と、甘えたような口調で訊いた。

だが、雨宮はぷいとそっぽを向いた。

「同心たちも、お前を疑っているのよ」

と、桃太郎は言った。

「糞っ！」

亀八は大声を上げると同時に、机の上にあったそれを取って、斬りかかってきた。

刃はほんのわずかだが、切れ味は鋭いはずである。

首を狙ってきた。

「おっと」

危うくかわすが、亀八は畳の間から土間へ飛び降りながらも、桃太郎の懐に飛び込んでくる。

刀を抜く暇がない。

鞘（さや）ごと抜いて、柄頭で亀八の鳩尾（みぞおち）を打った。

「うっ」

亀八が前かがみになったところに、肘打ちを放ち、さらにこぶしを二発、顔面に叩き込んでから足を払った。

そこでようやく刀を抜くことができ、切っ先を相手の喉元に当て、

「くだらぬことをしたものだな」

「まったくでさあ」

亀八が居直って、ふてぶてしい顔でそう言うと、雨宮たちがいっせいにとびかかり、亀八をぐるぐる巻きにしたのだった。

八

翌日——。

桃太郎は、駿河台下のおぎんの家を見に来た。

遺体はすでに茶毘(だび)に付され、お骨は近くの番屋が預かっているという。

家のほうもすでに、「入ること能(あた)わず」と紙が貼られている。おぎんの親類縁者はまだ見つからず、これもお骨同様に、町役人預かりということになっているのだ。

町役人に頼めば、なかに入れてもらえるだろうが、いまのところそこまでするつもりはない。

だいいち、

「どういうご関係で？」

などと訊かれると、

「妾にする話がちらりと出ていたので」

と、みっともないことを言う羽目になるかもしれない。

だが、あそこには、見る人が見ると、喉から手が出るくらい欲しいという書画骨董があるはずである。

雨宮に訊いたら、それらは前の旦那である石町（こくちょう）の山中屋（やまなかや）の番頭が確認し、知っている限りでは、無くなったものはないと証言したらしい。

桃太郎は、家の周囲を一回りした。

庭のほうから忍び込むには、頑丈な生垣を破らなければならず、そうたやすくはない。まして、ここらは落ち着いた治安のいい町で、不届き者は見咎められたりする。

生垣をのぞくと、久しぶりにおぎんと再会したときのことを思い出した。

見覚えはあるが、すぐに誰だったかが思い出せず、じっと見つめたものだった。そのときの顔もよみがえってくる。

——朝比奈が言ったように、おぎんは確かにわしの好みだった……。

そう思ったら、わずか二十四という若さで、命を奪われたのが不憫で、思わず嗚咽(おえつ)してしまった。

「うっ、うっ、うっ」

「大丈夫ですか？」

見ると、桃子くらいの子どもを連れたおかみさんが、心配そうに桃太郎を見ている。

「あ、いや、大丈夫。イモを食ったら、むせてしまって」

桃太郎は、慌てて手を振りながら逃げた。

——まったく、歳を取ると、感情の抑えがきかなくなるみたいだな。

角を曲がると、そば屋の〈やぶ平(へい)〉に出たので、なかに入った。

「おや、愛坂さま」

「うむ」

「聞きましたか、おぎんちゃんの話？」

「もちろんだ。わしは、あの日、おぎんの家を訪ねて来ていた」

「え、まさか？」

「おい、変な疑いをかけるな。それで、わしの前に来ていた者がおぎんの遺体を見つけ、それから番屋に報せたりしていたのだ」

「そうだったんですか」

「こんな近くにいるんだから、おまえもそのうち調べられるぞ」

「あっしは別にやましいところはありませんから、調べられても平気ですよ」

「それより、ここらで怪しいやつを見かけたりすることはなかったのか？」

「気がつかなかったですね。だいたい、おぎんちゃんは刃物で一突きされていたんでしょ？　なのに、悲鳴も聞こえませんでしたから」

「そうなのか」

三人連れの客が入って来た。そろそろ昼飯どきらしい。

桃太郎が、いつもの天ぷら盛り合わせに、ざるそば少なめを注文し、ぼんやり窓の外を見ていたときだった。

——え？

目を疑った。

前を通ったのは、あの八丁堀の女武会の、高村の奥方と音田の新造ではないか。二人は、この町内の町役人に案内されるように、おぎんの家のほうに向かって行く。

桃太郎はすぐに店を飛び出した。

「あれ、愛坂さま。おそば、できましたよ」

「すぐもどる」

あとを追い、陰に隠れて二人を窺う。

町役人が、おぎんの家の戸口に貼ってある封印の紙を剝ぎ、戸を開けて、二人をなかへ入れた。

——あの女たちがなぜ？

桃太郎の頭は混乱した。

この作品は双葉文庫のために書き下ろされました。

双葉文庫

か-29-59

わるじい義剣帖（二）

ふしぎだな

2024年2月14日　第1刷発行

【著者】
風野真知雄
©Machio Kazeno 2024
【発行者】
箕浦克史
【発行所】
株式会社双葉社
〒162-8540 東京都新宿区東五軒町3番28号
［電話］03-5261-4818(営業部)　03-5261-4833(編集部)
www.futabasha.co.jp(双葉社の書籍・コミックが買えます)
【印刷所】
中央精版印刷株式会社
【製本所】
中央精版印刷株式会社

【フォーマット・デザイン】
日下潤一

落丁・乱丁の場合は送料双葉社負担でお取り替えいたします。「製作部」宛にお送りください。ただし、古書店で購入したものについてはお取り替えできません。［電話］03-5261-4822(製作部)

定価はカバーに表示してあります。本書のコピー、スキャン、デジタル化等の無断複製・転載は著作権法上での例外を除き禁じられています。本書を代行業者等の第三者に依頼してスキャンやデジタル化することは、たとえ個人や家庭内での利用でも著作権法違反です。

ISBN978-4-575-67189-6 C0193
Printed in Japan

井原忠政
三河雑兵心得
足軽仁義
戦国時代小説
〈書き下ろし〉

苦労人、家康の天下統一の陰で、もっと苦労した男たちがいた！　村を飛び出した十七歳の茂兵衛は松平家康に仕えることになるが……。

井原忠政
三河雑兵心得
旗指足軽仁義
戦国時代小説
〈書き下ろし〉

三河を平定し、戦国大名としての地歩を固めた家康。猛将・本多忠勝の麾下で修羅場をくぐる茂兵衛は武士として成長していく。

井原忠政
三河雑兵心得
足軽小頭仁義
戦国時代小説
〈書き下ろし〉

迫りくる武田信玄との戦い。家康生涯最大のピンチ、三方ヶ原の戦いが幕を開ける。怯むな茂兵衛、ここが正念場！　シリーズ第三弾。

井原忠政
三河雑兵心得
弓組寄騎仁義
戦国時代小説
〈書き下ろし〉

大敗から一年、再び武田が攻めてきた。決戦の地は長篠。ついに、最強の敵と雌雄を決する時が迫る。それ行け茂兵衛、武田へ倍返しだ！

井原忠政
三河雑兵心得
砦番仁義
戦国時代小説
〈書き下ろし〉

武田軍の補給路の寸断を命じられた茂兵衛は、森に籠って荷駄隊への襲撃を指揮することに。戦国足軽出世物語、第五弾！

井原忠政
三河雑兵心得
鉄砲大将仁義
戦国時代小説
〈書き下ろし〉

信長の号令一下、甲州征伐が始まった。徳川に寝返った穴山梅雪の妻子を脱出させるため、茂兵衛は武田の本国・甲斐に潜入するが……。

井原忠政
三河雑兵心得
伊賀越仁義
戦国時代小説
〈書き下ろし〉

信長、本能寺に死す！　敵中突破をはかる家康一行の殿軍についた茂兵衛、伊賀路を越えられるのか⁉　大人気シリーズ第七弾！

井原忠政
三河雑兵心得
小牧長久手仁義
戦国時代小説〈書き下ろし〉
秀吉との対決へ気勢を上げる家臣団に頭を悩ませる家康。信長なき世をめぐり事態は風雲急を告げ、茂兵衛たちは新たな戦いに身を投じる！

井原忠政
三河雑兵心得
上田合戦仁義
戦国時代小説〈書き下ろし〉
沼田領の帰属を巡って、真田昌幸が徳川に反旗を翻した。たかが小勢力と侮った徳川勢は、昌幸の奸計に陥り、壊滅的な敗北を喫し……。

井原忠政
三河雑兵心得
馬廻役仁義
戦国時代小説〈書き下ろし〉
真田に大敗した戦で戦場に消えた茂兵衛。「茂兵衛、討死」の報に徳川は大いに動揺する。だが、ところがどっこい、茂兵衛は生きていた！

井原忠政
三河雑兵心得
百人組頭仁義
戦国時代小説〈書き下ろし〉
家康の養女として本多平八郎の娘が、真田昌幸の嫡男に嫁すことに。茂兵衛は「真田嫌い」の平八郎の懐柔を命じられるが……。

井原忠政
三河雑兵心得
小田原仁義
戦国時代小説〈書き下ろし〉
いよいよ北条征伐が始まった。茂兵衛率いる鉄砲百人組は北条流の築城術に苦しめられながらも、知恵と根性をふり絞って少しずつ前進する。

井原忠政
三河雑兵心得
奥州仁義
戦国時代小説〈書き下ろし〉
槌音響く江戸から遠く離れ、奥州での乱の平定に出陣することになった茂兵衛。だが、家康からまたまた無理難題を命じられしまう。

風野真知雄
わるじい慈剣帖（一）
いまいくぞ
長編時代小説〈書き下ろし〉
あの大人気シリーズが帰ってきた！　目付に復帰したのも束の間、孫の桃子が気になって仕方がない愛坂桃太郎は江戸への帰還を目論むが。

風野真知雄　わるじい慈剣帖（二）　これなあに　長編時代小説〈書き下ろし〉

孫の桃子を追って八丁堀の長屋に越してきた愛坂桃太郎。大家である蕎麦屋の主に妙に気に入られ、次々と難珍事件が持ち込まれる。

風野真知雄　わるじい慈剣帖（三）　こわいぞお　長編時代小説〈書き下ろし〉

川沿いの柳の下に夜な夜な立つ女の幽霊。桃子の夜泣きはこいつのせいか？　愛坂桃太郎は、可愛い孫の安寧のため、調べを開始する。

風野真知雄　わるじい慈剣帖（四）　ばあばです　長編時代小説〈書き下ろし〉

長屋の二階から忽然と消えたエレキテル。没収しようと押しかけた北町奉行所の捕り方たちも目を白黒させるなか、桃太郎の謎解きが光る。

風野真知雄　わるじい慈剣帖（五）　あるいたぞ　長編時代小説〈書き下ろし〉

長屋にあるエレキテルをめぐり対立してきた北町奉行所の与力、森山平内との決着の時が迫る。愛する孫のため、此度もわるじいが東奔西走！

風野真知雄　わるじい慈剣帖（六）　おっとっと　長編時代小説〈書き下ろし〉

日本橋の新人芸者、蟹丸の次兄が何者かによって殺された。悲嘆にくれる娘のため、桃太郎は真相をあきらかにすべく調べをはじめるが。

風野真知雄　わるじい慈剣帖（七）　どこいくの　長編時代小説〈書き下ろし〉

江戸の町のならず者たちの間に漂い始める抗争の気配。その中心には愛坂桃太郎を慕う芸者の蟹丸の兄である千吉の姿があった。

風野真知雄　わるじい慈剣帖（八）　だれだっけ　長編時代小説〈書き下ろし〉

激化の一途をたどる、江戸のならず者たちの抗争。愛する孫に危険が及ぶまいとする愛坂桃太郎だが……大人気時代小説シリーズ、第8弾！

風野真知雄
わるじい慈剣帖（九）
ねむれない
長編時代小説〈書き下ろし〉

愛孫の桃子と遊ぶことができず、眠れぬ夜を過ごす元同心の愛坂桃太郎。そんなある日、桃太郎はなにやら訳ありらしい子連れの女と出会い……。

風野真知雄
わるじい慈剣帖（十）
うそだろう
長編時代小説〈書き下ろし〉

江戸の町を騒がす元凶・東海屋千吉との因縁に決着をつけ、愛する孫と過ごす平穏な日常を取り戻せ！　大人気時代小説シリーズ、感動の最終巻!!

風野真知雄
わるじい義剣帖（一）
またですか
長編時代小説〈書き下ろし〉

離れ離れになってしまった愛孫の桃子の身に、危難の気配ありとの報せが。じいじはまだまだ休んでおれぬ！　大人気シリーズ待望の再始動！

風野真知雄
消えた十手
若さま同心　徳川竜之助【一】
長編時代小説

徳川家の異端児　同心になって江戸を駆ける！剣戟あり、人情あり、ユーモアもたっぷりの傑作時代小説シリーズ、装いも新たに登場!!

風野真知雄
風鳴の剣
若さま同心　徳川竜之助【二】
長編時代小説

憧れの同心見習いとなって充実した日々を送る竜之助の身に、肥後新陰流を操る凄腕の刺客たちの影が迫りくる！　傑作シリーズ第二弾！

風野真知雄
空飛ぶ岩
若さま同心　徳川竜之助【三】
長編時代小説

徳川竜之助を打ち破り新陰流の正統を証明せんと、稀代の天才と称される刺客が柳生の里からやってきた。傑作シリーズ新装版、第三弾！

風野真知雄
陽炎の刃
若さま同心　徳川竜之助【四】
長編時代小説

珍事件解決に奔走する竜之介に迫る、姿の見えぬ刺客。葵新陰流の刃は捉えることができるのか⁉　傑作シリーズ新装版、待望の第四弾！

風野真知雄　若さま同心　徳川竜之助【五】　長編時代小説
秘剣封印

因縁の敵、柳生全九郎とふたたび対峙し、徳川竜之助の葵新陰流の剣が更なる進化を遂げる！　傑作シリーズ新装版、第五弾！

風野真知雄　若さま同心　徳川竜之助【六】　長編時代小説
飛燕十手（つばくろ）

江戸の町を騒がせる健脚の火付け盗人の噂。徳川竜之助は事件の不可解な点に気づき、調べを始めるが……。傑作シリーズ新装版、第六弾！

風野真知雄　若さま同心　徳川竜之助【七】　長編時代小説
卑怯三刀流

徳川竜之助に迫る三刀を差す北辰一刀流の遣い手。さらに時を同じくして奇妙な辻斬りが出没し……。傑作時代小説シリーズ新装版、第七弾！

風野真知雄　若さま同心　徳川竜之助【八】　長編時代小説
幽霊剣士

葵新陰流を打ち破るべく現れた、幽鬼の如き剣士。不可視の剣の謎を解き新たな刺客を打ち破れ！　傑作時代小説シリーズ新装版、第八弾！

風野真知雄　若さま同心　徳川竜之助【九】　長編時代小説
弥勒の手

葵新陰流の継承者と、柳生新陰流が生んだ異端児。宿命の２人に遂に決着の時が訪れる！　傑作時代小説シリーズ新装版、驚愕の第九弾！

風野真知雄　若さま同心　徳川竜之助【十】　長編時代小説
風神雷神

死闘の果てに、深手を負ってしまった徳川竜之助。しかし、江戸の町では奇妙な事件が絶えず……。傑作時代小説シリーズ新装版、第十弾！

風野真知雄　若さま同心　徳川竜之助【十一】　長編時代小説
片手斬り

宿敵柳生全九郎の死を知った徳川竜之助は、彼が最後に探ろうとした謎について調べをはじめる。傑作時代小説シリーズ新装版、第十一弾！

風野真知雄
若さま同心 徳川竜之助【十二】
双竜伝説
長編時代小説
師である柳生清四郎との立ち合いを終えた徳川竜之助の前に新たな刺客が現れる！ 傑作時代小説シリーズ新装版、物語も佳境の第十二弾！

風野真知雄
若さま同心 徳川竜之助【十三】
最後の剣
長編時代小説
雷鳴の剣の遣い手徳川宗秋と相対する竜之助。徳川の名を冠するもの同士の決闘の結末は!? 傑作時代小説シリーズ新装版、感動の最終巻！

風野真知雄
新・若さま同心 徳川竜之助【一】
象印の夜
長編時代小説
南町奉行所がフグの毒で壊滅状態の最中、象に踏まれたかのように潰れた亡骸が見つかった。傑作時代シリーズ続編、新装版で堂々登場！

風野真知雄
新・若さま同心 徳川竜之助【二】
化物の村
長編時代小説
浅草につくられたお化け屋敷で、お岩さんが殺された!? 奇妙な事件を前に此度も竜之助が奮闘！ 傑作時代小説シリーズ新装版第二弾！

風野真知雄
新・若さま同心 徳川竜之助【三】
薄毛の秋
長編時代小説
南町奉行所の徳川竜之助のもとに持ち込まれた三つの珍事件、そこに隠された真相とは？ 傑作時代シリーズ新装版、波瀾万丈の第三弾！

金子成人
ごんげん長屋つれづれ帖【一】
かみなりお勝
長編時代小説〈書き下ろし〉
根津権現門前町の裏店を舞台に、長屋の人情や親子の情をたっぷり描く、くすりと笑えてほろりと泣ける傑作人情シリーズ、注目の第一弾！

金子成人
ごんげん長屋つれづれ帖【二】
ゆく年に
長編時代小説〈書き下ろし〉
長屋の住人で、身重のおたかが倒れてしまった。周囲の世話でなんとか快方に向かうが、亭主の国松は意外な決断を下す。落涙必至の第二弾！

金子成人

ごんげん長屋つれづれ帖【三】長編時代小説

望郷の譜〈書き下ろし〉

長屋の住人たちを温かく見守る彦次郎とおよしの夫婦。穏やかな笑顔の裏には、哀しい過去が秘められていた。傑作人情シリーズ第三弾！

金子成人

ごんげん長屋つれづれ帖【四】長編時代小説

迎え提灯〈書き下ろし〉

お勝の下の娘お妙は、旗本の姫様だった⁉ 我が子に持ち上がった思いもよらぬ話に、お勝の心はかき乱されて――。人気シリーズ第四弾！

金子成人

ごんげん長屋つれづれ帖【五】長編時代小説

池畔の子〈書き下ろし〉

お勝たちの向かいに住まう青物売りのお六の、とある奇妙な行為。その裏には、お六の背負う哀しい真実があった。大人気シリーズ第五弾！

金子成人

ごんげん長屋つれづれ帖【六】長編時代小説

菩薩の顔〈書き下ろし〉

二十六夜待ちの夜空に現れた、勢至菩薩様のお姿。ありがたい出来事の陰には、遠き日の悲しい恋の物語があった。大人気シリーズ第六弾！

金子成人

ごんげん長屋つれづれ帖【七】長編時代小説

ゆめのはなし〈書き下ろし〉

貸本屋の与之吉が貸していた本に記された『たすけて』の文字。この出来事が、思わぬ出会いを運んできて――。大人気シリーズ第七弾！

芝村凉也

北の御番所 反骨日録【一】 長編時代小説

春の雪〈書き下ろし〉

男やもめの屁理屈屋、道理に合わなければ上役にも臆せず物申す用部屋手附同心・裄沢広二郎の奮闘を描く、期待の新シリーズ第一弾。

芝村凉也

北の御番所 反骨日録【二】 長編時代小説

雷鳴〈書き下ろし〉

深川で菓子屋の主が旗本家の用人に無礼討ちにされた。この一件の始末に納得のいかない同心の裄沢は独自に探索を開始する。

芝村凉也

北の御番所 反骨日録【三】

蟬時雨

長編時代小説〈書き下ろし〉

療養を余儀なくされた来合に代わって定町廻りのお役に就いた裄沢広二郎の前に現れた人足姿の男。人目を忍ぶその男は、敵か、味方か⁉

芝村凉也

北の御番所 反骨日録【四】

狐祝言（きつねしゅうげん）

長編時代小説〈書き下ろし〉

盟友の来合轟次郎と美也の祝言を目前に控え、段取りを進める裄沢広二郎。だが、その二人の門出を邪魔しようとする人物が現れ……。

芝村凉也

北の御番所 反骨日録【五】

かどわかし

長編時代小説〈書き下ろし〉

用部屋手附同心、裄沢広二郎を取り込もうと近づいてきた日本橋の大店、鷲巣屋の主。それを撥ねつけた裄沢に鷲巣屋の魔手が伸びる。

芝村凉也

北の御番所 反骨日録【六】

冬の縁談

長編時代小説〈書き下ろし〉

裄沢広二郎の隣家の娘に持ち込まれた縁談の相手は、過去に二度も離縁をしている同心だった。裄沢はその同心の素姓を探り始めるが……。

芝村凉也

北の御番所 反骨日録【七】

辻斬り顚末

長編時代小説〈書き下ろし〉

岡場所帰りの客が斬られる事件が多発する。北町奉行所が調べを進めると、意外な人物が下手人として浮かび上がってきた。

芝村凉也

北の御番所 反骨日録【八】

捕り違え

長編時代小説〈書き下ろし〉

お役へ復帰した裄沢は御用聞きによる無道な捕縛の話を聞き、その裏にいる臨時廻りの行動に疑問を抱く。痛快時代小説第八弾！

芝村凉也

北の御番所 反骨日録【九】

廓証文

長編時代小説〈書き下ろし〉

吉原の妓楼で起こった泥棒騒ぎ。隠密廻り同心として吉原に詰めていた裄沢広二郎は、騒ぎに乗じて策謀を巡らす妓楼の動きに気づき――。